Für Nick
zum Geburtstag
von
Werner + Andrea

Jan. 2002

Michael Mäde

Spiel mit Maurice

Roman

Wiesenburg Verlag

Ein Titeldatensatz für diese Publikation ist bei
Der Deutschen Bibliothek erhältlich.

Wiesenburg Verlag, Postfach 4401, 97412 Schweinfurt
www.wiesenburgverlag.de
Wiesenburg Verlag, 2001
Druck: Digital Print, Witten
ISBN 3-932497-62-7

Für
Anaximander

I Das Ende der Nacht

"Soweit der Plan", sagte er, als sein Blut auf die Straße floß.

Es gelang ihm noch den Mauervorsprung zu erreichen und sich hochzustemmen, so daß er sich, halb aufgerichtet, gegen die Scheibe lehnen konnte. Sirenen heulten. Er schoß zweimal in Richtung eines Kerls, der irgendwas von Aufgabe oder Ergeben gerufen hatte.

"Soweit der Plan", schrie er und spürte wie Kälte in ihm aufstieg.

Die Frau war zwei Meter von ihm entfernt.

Sie war auf das Gesicht gefallen.

Der Schwachkopf mußte ihr in den Rücken geschossen haben.

Langsam wandte sie den Kopf in seine Richtung. Sie sah ihn an und bewegte die Lippen. "Du mußt lauter sprechen", sagte er und lachte. Ihm schien, als würde die Frau sich bewegen.

Merkwürdig nur, daß auch das Pflaster unter ihm sich bewegte.

Irene

Nachts am Fenster hatte sie auf jedes Geräusch im Hof gelauscht. Ihr war, als würde der Regen in den Himmel fließen. Ihr war, als sei es besser zu sterben. Anja und Frank waren endlich zum Schlafen gebracht und die Zeit der Fühllosigkeit hatte begonnen. Die Kerze vor ihr tropfte stetig auf den groben, selbstgebauten Holztisch, der meistens kippelte, wenn Frank sich nicht gelegentlich seiner, mittels mitgebrachter Bierdeckel, annahm. Frank hatte eine Leseschwäche und geschickte Hände. Er war tapfer gewesen, als klar wurde, daß er bei der Klassenfahrt in den Harz nicht würde mitfahren können. "Ich habe kein Geld", hatte Irene gesagt. Sie hatte den Satz einen halben Tag trainiert. Vielleicht klang er deshalb dann sehr grob. Frank hatte genickt und sie dann nur mit seinen großen Augen angesehen. Nach einer Weile ging er in sein Zimmer, aus dem sie dann diese grobe, harte Musik hämmern hörte, "Rammstein" oder so hießen die und Irene hielt sie für Faschisten und derentwegen stritt sie sich sehr oft mit ihrem Sohn. Heute aber hatte sie ihn lieber in Ruhe gelassen und nur wieder in den Hof gesehen und dann auf das Fenster gegenüber. Die Eberts brüllten sich wieder an. Sie hatte gute Sicht. Eberts bevorzugten Fenster ohne Gardinen. Sie hörte dem Wortwechsel zu, der durch den Hof hallte, und sehnte sich nach einem guten Streit. Nicht so wie mit Gunnar. Der war nur noch abgefüllt nach Hause gekommen. Entweder wollte er dann streiten oder ficken. Beides wurde schließlich sehr unerquicklich. Um ihn loszuwerden hatte sie sich Christine für vier Wochen in ihre Wohnung geholt. Jede Nacht hatten die Frauen die Kinder zu beruhigen gesucht und das abgewehrt, was früher, als er Arbeit hatte und es also die DDR noch gab, Gunnar gewesen sein mußte.

Irgendwann hielt die Wohnungstür den ständigen Schlägen nicht mehr stand. Unter Christines Kommando verschanzten sie sich zu viert im Wohnzimmer. Christine war so umsichtig gewesen das Telefon mitzunehmen. Christine hatte stark an der Stirn geblutet, als sie die Polizei anrief. Sie war ganz ruhig gewesen, während die Barrikade unter den Schlägen des Mannes, der einmal Gunnar gewesen war, bedrohlich wankte.

"Holen Sie dieses Vieh hier ab", hatte sie ganz gelassen ins Telefon gesagt, "sonst bring ich es um. " Irene glaubte ihr.

Ungewöhnlich schnell war die Polizei zur Stelle gewesen. Die genervten Streifenpolizisten hatten wohl, als sie sahen, wie verwüstet die Wohnung war, dem Manne, der mal Gunnar gewesen war, ziemlich arg zu gesetzt, der sich anfänglich noch ein bischen zu wehren versuchte. Sie hatten ihn auch noch angezeigt, wegen Widerstand gegen die Staatsgewalt oder so ähnlich. Irene hatte jedenfalls seit dieser Zeit Ruhe. Seit jener Nacht fürchtete sie sich aber nicht nur vor dem, was von Gunnar übrig geblieben war, sondern auch vor Christine. Sie hatte versucht darüber zu sprechen. Christine verstand überhaupt nicht, worum es ging. Sie war ganz kalt geworden und ihre

Augen hatten durch Irene hindurchgeblickt. Vielleicht, hatte Irene gedacht, habe ich es nur nicht richtig erklären können. Wochen hatte es dann gedauert bis sie realisierte, daß sie wirklich allein war auf der Welt. Sie bedauerte Kinder zu haben. Sie bedauerte, nicht einfach auf eine dieser hohen Brücken gehen zu können, um dort, für einen letzten Augenblick, ganz schwerelos zu werden.

Irene war dann, immer wenn es ihr nicht gut ging, einkaufen gegangen. Das konnte ein bißchen helfen, für kurze Zeit. Und es war ihr häufig nicht gut gegangen in letzter Zeit. Ihre neue Stellung in einem Call - Center, die sie angenommen hatte für sechs Stunden pro Tag, brachte natürlich nicht genug ein.

Als sie die Gesprächsladung der Bank überflog, die sie nur geöffnet hatte, weil diese anders aussah als die Mahnungen, die sie längst ungelesen in den Mülleimer entsorgte, wußte sie, daß das Ende nahte. Sie wußte, sie würde den angebotenen Gesprächstermin bei einem Wilfried Schubert, Leiter der Niederlassung, wahrnehmen müssen. Einen roten Vermerk im Kalender hatte sie gemacht. 14 Tage Frist. Einzukaufen traute sie sich nicht mehr. Und immer schlechter hatte sie sich gefühlt.

Die Frist war abgelaufen. In vier Stunden, dachte Irene, ist es dann soweit. Sie würde nicht mehr versuchen zu schlafen. Das vermasselte nur ihr Aussehen. Sie würde diese Stunden irgendwie überstehen müssen, bis die Kinder in die Schule zu schicken waren, und sie sich würde auf den Weg machen können. Seit einer Woche bereits hatte sie sich über die zu wählenden Kleidung Klarheit verschafft. Nicht zu elegant, aber auch nicht zu schäbig sollte sie sein, nicht zu lasziv, jedoch auch nicht verklemmt. Bein würde sie zeigen müssen. Schließlich waren ihre Beine das einzige wirkliche Ereignis an ihr. Sie stellte fest, daß dieser Gedanke sie deprimierte. Die Eberts waren inzwischen bei der üblichen Versöhnung. Die Ebertsche quiekt beim Orgasmus immer wie eine angestochene Sau, dachte Irene, und vermied es aus dem Fenster zu sehen.

Da es wieder still geworden war im Hof, hämmerte mit Irenes Puls die immer gleiche Frage. Mein Gott, was soll nur werden. Was soll nur werden.

Einen Tee. Ein Tee, dachte Irene, würde helfen.

Sie setzte Wasser auf. Die anfänglich blaugrüne Flamme des Gasherdes bekam etwas Magisches für sie. Irenes Hand verhielt kurz vor dem Griff des Teekessels. Ihre Augen konzentrierten sich ganz auf die Flamme.

Walter

"Alles klar, Herr Kommissar", äffte Martin, als Walter befand, daß es Zeit wäre ins Bett zu gehen.

Walter las dann die Geschichte von Edgar Allen Poe weiter vor und wußte, daß er sie würde heute abschließen müssen, denn Mary würde morgen pünktlich um acht erscheinen und mit ihrem harten, unversöhnlichen Fingerknöchel an die Tür klopfen, um die Tage zu beenden, an denen er seinen Sohn bei sich hatte.

Die Geschichte von einem Mörder, der sich als ein Affe herausstellen sollte, hatte noch ein paar Seiten, aber es gab keinerlei Hoffnung, daß Martin sich vorher bereit finden würde einzuschlafen. Die Geschichte war zu spannend, angenehmes Gruseln stand in Aussicht und dafür war Martin immer zu haben. Es ist auch egal, dachte Walter, irgendwas, daß zu rügen sich lohnte, würde Mary ohnehin finden, warum also nicht die falsch gewählte Lektüre. Sie bevorzugte es dann stets auf seiner Dienststelle anzurufen und ihn zur Rede zu stellen. Meist geschah dies genau dann, wenn er gerade Protokolle schrieb oder Akten aufarbeitete, Tätigkeiten, die er gleichermaßen haßte. Er ertappte sich dabei, daß er begonnen hatte das Protokoll schreiben auf Kriminalrat Berger abzuwälzen, so als würde das gegen Marys Vorhaltungsanrufe helfen.

Wenn er, was er sich selten genug gestattete, betrunken war, räumte er sich selbst gegenüber ein, daß Marys Anrufe auf der

Dienststelle der Tatsache geschuldet waren, daß er sich dort nicht erlaubte sie anzubrüllen.

Heute war er, auch ohne alkoholische Unterstützung, ferner bereit einzuräumen, daß er morgen ganz froh sein würde, daß sein Sohn ihn für vierzehn Tage würde verlassen müssen. Walter hatte noch bis zum Mittag Dienst und würde dann in Urlaub fahren. Mit Katja aus dem Archiv. In die Toscana würden sie reisen und "ganz ohne Druck", wie Katja zu bemerken wichtig fand, mal sehen, was aus ihrer Beziehung zu machen sei. Das aufkeimende Unbehagen hatte Walter sich vorgenommen zur Seite zu schieben. Er bestand darauf, sich auf diesen Urlaub zu freuen.

Walter hatte die Geschichte zu Ende gebracht. Martins Wangen waren rot. Als er ins Kissen sank, versicherte er noch, daß er Kommissar werde und zwar ein so guter, wie sein Vater einer sei, und war dann sofort eingeschlafen. Walter lächelte. Er erinnerte sich, in seiner Kindheit am besten eingeschlafen zu sein, wenn Großmutter aus ihrem zerfledderten Buch Gruselgeschichten vorgelesen hatte. Der Junge, dachte Walter befriedigt, schlägt ganz nach mir. Auf die regelmäßigen Atemzüge des Kindes lauschend, löschte er das Licht.

Im Wohnzimmer, allein, bespielt von der Sendung "TV - Total", deren Witze er, trotz aller Bemühung, meist nicht verstand, kamen ihm plötzlich Zweifel, ob es eine so gute Idee war, mit Katja in den Urlaub zu fahren. Schließlich, dachte er, kam sie aus dem Westen. Es irritierte ihn, daß dies das erste Argument war, das ihm einfiel. Nichtmal sicher war er sich, ob dies überhaupt eines war. Es überstand jedoch die für ihn wesentliche Halbwertzeit der ersten zwei bis drei Minuten völlig unbeschadet. Sein Instinkt bei Ermittlungen trog ihn nur selten. Wenn sich eine Idee, oder ein Indiz länger als diese Zeit vor seinem inneren Auge hielt, verfolgte er dieses ganz hartnäckig weiter. Alles was so Bestand hatte, das sagte ihm seine Berufserfahrung, war es wert konsequent verfolgt zu werden.

"Katja", seufzte er und war voller Zweifel. Dann erinnerte er sich an Marys knöchernen Finger an der Tür und vermied es an ihre Hände insgesamt zu denken. Er nahm sich einen Drink, durchschritt das geräumige Zimmer und war besten Willens an Katja zu denken. Sie hat, dachte er, bedenkt man, daß sie fast zehn Jahre jünger ist, einen ziemlich schlaffen Arsch. So wird das nichts werden, meinte er sich zur Ordnung rufend. Er zog es vor an die praktischen Verrichtungen zu denken, die morgen noch notwendig wurden. Zur Bank Lire holen, auf die Dienststelle fahren, welche die Westkollegen immer die Wache nannten, Protokolle schreiben, Übergabe machen, Katja abholen und die hinterlegten Tickets abholen. Fliegen.

Sie fahren nicht, sie fliegen in den Urlaub. Plötzlich fühlte er sich ganz befreit. Die Toscana, die er auf dem Bildern gesehen hatte, das Meer. Es gab schlechtere Aussichten. Und es gab Katja. Und es gab gar keinen Druck. Er lachte auf. So daß er kurz Sorge hatte, er könnte Martin geweckt haben.

Ein wenig hohl schien ihm sein Lachen schon, als er sich einen zweiten Drink genehmigte und sich wieder vor den Fernseher setzte. Er würde es sich heute nicht gestatten, die positive Grundstimmung wieder selbst zu verderben.

Manfred

Schon vor Wochen hatte er drei mechanische Wecker erworben, ihr lautes Rasseln noch im Laden getestet. Zu tief saß bei ihm das Mißtrauen gegen sich, immer morgens. In dieser Nacht hatte er sie in einer Staffel von fünf Minuten gestellt und in gebührender Entfernung von seiner Schlafstätte aufgereiht, so daß sie, ohne sich zu erheben, von ihm nicht zu erreichen sein würden.

Maurice hatte ihn immer wieder ermahnt, vor diesem für sie durchaus entscheidenden Tag keinen Alkohol zu trinken.

Heute, dachte er, da er sich mühsam erhob, würde sich entscheiden, ob ein Jahr Arbeit, ein Jahr Schinderei, ein Jahr genaueste Recherche sich bezahlt machen würden.

Heute, dachte er unter der mäßig kalten Dusche, heute könnte ihr großer Tag werden.

Gestern, am Abend, war er nervös geworden. Beklommenheit hatte sich seiner bemächtigt. Er war dann noch einen trinken gegangen. Leider war es bei dem einen Drink nicht geblieben. Jetzt schmerzte sein Kopf, sein Atem roch, trotz intensiver Mundspülung, und Maurice würde es merken.

Maurice merkte fast alles und er würde sauer sein. Egal, dachte er sich, als er das Handtuch vom Gesicht löste und sich im Spiegel betrachtete, es war nicht mehr zu ändern. Dann hatte er das Gefühl, daß er gleich umkippen würde. Woher kam plötzlich diese Schwäche, diese Panik, die in ihm hochstieg und seinem Gesicht merkwürdigerweise eine gesunde Farbe verlieh.

16

Versagensangst, sagte Maurice, sei völlig normal, vor allem wenn man so lange auf ein Ziel, auf den einen Erfolg hingearbeitet hätte. Das Problem aller Projektarbeit, meinte Maurice.

Und ich Arschloch muß unbedingt am Abend vorher saufen, dachte er und die Verachtung, die er für das Bild im Spiegel vor sich empfand, half ihm.

Ein Kamillentee würde rasch noch den Magen beruhigen, der bei der Vorstellung von einem Frühstück in Aufruhr geraten war.

Sabrina

Das war kein Plan gewesen. Zwischen zwei Mandanten, einer recht ausufernden Scheidungssache und einer aussichtslosen Restitutionsangelegenheit, wählte sie eine Nummer, die ihr geläufig war. Nach den schlichten Sätzen, die sie gesprochen hatte, der sachlichen Entgegnung einer angenehm beherrschten Stimme am anderen Ende der Leitung und einer Verabredung, saß sie Minuten wie betäubt.

Sie hatte ihrem sogenannten Privatleben eine ziemliche Wendung gegeben. Soviel stand mal fest. Das Telefon klingelte. Sie wollte den Hörer abnehmen, aber ihre Hand versagte den Dienst. Sie atmete. Alles was sie war, schien zu atmen. Anne, die Sekretärin und Bürochefin der Kanzlei, hatte den Kopf herein gesteckt und war glücklicherweise durch ein Kopfschütteln zu stoppen gewesen. Sabrina war überzeugt, daß sie nicht hätte sprechen können.

Das wird er mir niemals verzeihen, dachte sie, und drehte den Sessel so, daß sie durch die bis zum Boden reichende Fensterfront auf die belebte Straße blicken konnte.

Wie blöd, dachte sie, wie töricht. Für Männer, die etwas wert sind, braucht man Geduld, viel Geduld, hatte ihre Mutter immer gesagt. Und auch der ausgeleierte Witz über den Vergleich von Klos und Männern ("beschissen oder besetzt") gehörte zu deren festem Repertoire. Sie ahnte, daß sie ihre Mutter immer erst verstand, wenn es zu spät war. Bei den Männern, die sie davor hatte, war das auch so gewesen. Aber vielleicht lag es auch nur daran, daß Mutter immer die Männer mochte, die Sabrina so wichtig nicht gewesen waren. Diese pflegte sie dann Pausenfüller zu nennen und benutzte sie auch so. Die Mutter hatte sich die eine oder andere Bekanntschaft mit diesen Herren erstritten, oder wie sollte man Besuche am Sonntag gegen viertel vor neun in Sabrinas Wohnung sonst bewerten. Deren peinliche Verläufe verfolgten sie bis in die Träume. Das verleitete sie, gelegentlich mit Männern schon beim ersten Treffen mitzugehen, wofür sie natürlich im Stillen ihre Mutter verantwortlich machte.

Unfug, alles dummes Zeug, meinte sie, und schob diese Gedanken beiseite.

Wilfried war ursprünglich als Pausenfüller vorgesehen.

Für das von ihr sorgsam geplante kleine Abenteuer hatte sie ein Hotelzimmer angemietet. Es war eine Fehlinvestition gewesen. Als sie im Morgengrauen aus der Hotelbar verwiesen wurden, waren sie spazieren gegangen. Erst beim Gang am Fluß durch den Morgennebel hatten sie akzeptieren können, daß diese Nacht schon Vergangenheit war. Sie hatte sich in seinem Alter verschätzt, zu seinen Ungunsten, und er war nicht beleidigt gewesen. Er gestand ihr mit selbstironischer Resignation, die sie elektrisierte, daß er nichts anderes erwartet hätte. Er war, als es unweigerlich Zeit wurde, sich dem vor ihnen liegenden Tagesablauf zu stellen, nichtmal bereit gewesen mit auf das Hotelzimmer zu kommen, um ein Bad zu nehmen. Das üppige Frühstück im Hotel aber hatten sie sich nicht entgehen lassen. Sie waren albern, so als hätten sie noch den schützenden Kokon der Nacht um sich.

Beim Seminar, das sie in einem anderen Hotel der fremden Stadt, sie als Leiterin und er als Teilnehmer, zu bestreiten hatten, wo es um Rechtsprobleme bei Ehestreitigkeiten und um Kreditvergaben an Eheleute ging, war es eigentlich schon um sie geschehen gewesen. Er war ihrem Vortrag gefolgt. Er hatte sich Notizen gemacht. Und seine Augen, rotumrandet von der durchwachten Nacht, brannten. Sie meinte diesen Blick auf ihrer Haut zu spüren. Und es war ihr angenehm.

Auf dem vom Taubenkot verschmutzten Hotelparkplatz hatten sie sich das erste Mal geküßt. Seine Lippen schmeckten nach Kaffee und Rauch. Der Kuß war kein Ereignis. Angenehm war ihr gewesen, daß er nicht versuchte, ihr seine Zunge in den Mund zu stopfen.

Mit allem wäre sie fertig geworden. Nur nicht mit seinem vorsichtigen, beinahe ein wenig verlegenem Werben. Aus seiner Ehe und der Liebe zu Elisabeth hatte er, wie sie im Sessel sitzend einräumte, nie einen Hehl gemacht. Sie hatten viel telefoniert. Praxis und Büro wurden feste Burgen ihrer Verständigung. Sie waren wohl Freunde und so gingen sie auch miteinander um. An einem Nachmittag, im letzten Herbst, auf einem Spaziergang, wurde auch das anders. Daß sie einander begehrten, schien ihnen beiden von einer Sekunde zur anderen klar zu werden. Danach standen sie in ihren Mänteln aneinander gelehnt. Atemlos, erschrocken. In seinem dann schuldbewußten

Gesicht verloren sich die Züge des glücklichen, zarten Jungen nur ganz langsam. Sie dachte, daß sie ähnlich ausgesehen haben mußte, und den ganzen Tag hatte bei ihr, da unten, das wohlige Gefühl angehalten.

Es war dieses sein Gesicht, das sie immer wieder hervorzaubern wollte und dessen langsames Verschwinden, danach, ihr wie eine kleine, schmerzhafte Trennung vorkam.

Das alles genügte zur Erklärung, fand sie, als sie in der sich schon neigenden Nacht betrunken durch ihre viel zu große Wohnung wankte.

Ich bin den einen Schritt zu weit gegangen, dachte sie. Wie ein dummes, junges Ding. Sie ging, wie immer wenn sie wirklichen Kummer hatte, eingehüllt in ihrem Wintermantel auf den Dachgarten ihres Apartments. Es war wieder Herbst geworden. Sie konnte die Feuchtigkeit der Luft auf den Lippen spüren. Der Alkohol kämpfte um ihr in der Kälte schwindendes, Selbstmitleid.

Sie würde akzeptieren müssen, daß, wenn der Tag, der da aufzukommen sich anschickte, vorbei wäre, sie alles verloren haben würde. Und auch das könnte sie aushalten. Auch wenn jetzt Tränen sich noch einmal einen Weg suchten, wußte sie schon, daß dies die schlichte Wahrheit war.

Maurice

Zögerlich war er gewesen. Und verwundert.

Sie hatte nach ihm gegriffen, sich festgehalten, als wäre er es, der sie vor dem Versinken würde retten können.

Dann liebten sie sich.

All ihre Zurückhaltung, ihre sonstige Scheu war wie fortgewischt gewesen. Sie nahm sich ihn einfach. Still war er gewesen, hatte nur sie und auch sich selbst beobachtet, bis es ihr gelang ihn mit fortzureißen. Sie konnte nicht wissen, daß es morgen schon Zeit sein würde. Noch hatte er ihr nichts dazu gesagt. Aber sie ließ ihn nicht mehr los. Danach weinte sie, still, ohne ein Zittern, ohne eine Regung verließ die salzige Flüssigkeit ihre Augen und auch seine füllten sich vorübergehend mit Tränen. Bloß nicht weich werden jetzt, hatte er denken müssen und sich sogleich mit Hohn überschüttet, weil das ja längst passiert war. So lagen sie, er hielt sie fest, streichelte ihren Rücken und wartete auf ihren Schlaf, der nicht kommen wollte, um ihn zu befreien.

Am Morgen war sie ruhig gewesen und verschlossen.

Ihre Sachen waren bereits gepackt. Sie war zum Gehen bereit gewesen, als sie ihn weckte. Er reichte ihr den Umschlag, von dem er gesprochen hatte, und den er im Nachtschrank aufbewahrte.

Seine nackten Füße tappten, ein unangenehmes, ihn an seine Verletzlichkeit erinnerndes Geräusch verursachend, hinter ihr her in Richtung der Wohnungstür. Er war noch ein wenig benommen. Bei schon geöffneter Tür musterte sie seine Nacktheit und lächelte das einzige Mal. "Ich liebe dich", sagte sie. Es klang trocken, wie eine Feststellung. Er wollte sie in den Arm nehmen, sie aber wich zurück. Sie schulterte die Reisetasche. "Ja,....", sagte er, und sie sagte,: "Halt den Mund."

Das rhythmische Geräusch, das ihre Stiefel auf der Treppe verursachten und das wippende Haar, das er sich dazu vorstellte, wollten zu dem Ausdruck verhaltener Traurigkeit in ihren Augen nicht passen.

Erst jetzt, da er lauschend im Flur stand, fühlte er sich wirklich nackt.

Hanna

Sie hatte verschlafen. Fluchend war sie aufgestanden. Der Lover der Nacht hatte Morgenlatte und war verstimmt. "Is ohne Frühstück," zitierte sie aus einem ihrer Lieblingsfilme einer längst versunkenen Zeit und reizte so den reizenden Nachtmann zu Schimpfwörtern, die jedoch nur seinen Rauswurf beschleunigten. Als sie die Tür hinter ihm zugeworfen hatte und versuchte ihr Gesicht notdürftig bürofähig zu gestalten, stieg Wut in ihr auf. Wut gegen sich. Warum bloß hatte sie sich wieder auf einen solchen Scheiß eingelassen. Sogar die Drinks hatte sie am Ende bezahlen dürfen. Trotzdem hatte sie ihn mitgenommen. Schöne, feingliedrige Hände hatte er. Die gaben zu Hoffnungen Anlaß, welche sich als trügerisch erwiesen. Der Mann war ungeschickt aber wenigstens ausdauernd gewesen. So hatte sie es sich immerhin nicht wieder selber besorgen müssen. Sie spülte den spelzigen Geschmack aus dem Mund, drehte sich vor dem Spiegel und war immerhin mit ihrer Figur zufrieden. Sie würde zu spät kommen, dachte sie ihren Pony sortierend, und das am dritten Tag im neuen Job. Hanna rannte los. Geld würde sie noch besorgen müssen und in der Mittagspause wartete Ronny auf sie, der noch nicht ahnte, daß er heute endgültig von ihr den Laufpass ausgestellt bekäme. Kein toller Tag, meinte sie, als sie die schwere Haustür aufzerrte und auf die Straße trat.

Wilfried

Er war sich sicher, daß er noch schlief. So schön, so sanft war das Licht nicht wirklich, wenn es in ihr Schlafzimmer fiel. Und auch Elisabeths Körper war nicht mehr so fest, ihre Hände nicht so geschickt. Er stöhnte vor Wonne und drehte sich auf die andere Seite. Er sah eine dünne Gardine, die sich lichtdurchflutet wie ein Schleier bewegte. Dann griff eine Hand in sein Haar, nicht unsanft aber entschlossen. Und er war wach. Er öffnete aus Vorsicht vor allzu harten Kontrasten die Augen vorerst nicht. Elisabeth küßte ihn auf die Stirn und stellte seinen Morgentrunk, Orangensaft mit einem Schuß Zitrone, auf dem Nachttisch.

Er hörte vertraute Geräusche aus der Küche. Er konnte alles unterscheiden. Wann Elisabeth den Kaffeefilter aus der Maschine nahm und ihn mit Schwung in den Mülleimer beförderte und dessen Deckel mit einem kleinen Knall wieder zufallen ließ. Jetzt begann es nach aufgebackenen Brötchen zu duften. Wenn die Eieruhr zu rasseln begänne, war es für ihn Zeit duschen zu gehen. Er genoß diese Minuten zwischen Schlaf und Aktivität. Immer war er bestrebt diese Augenblicke noch etwas zu dehnen. Und Elisabeth achtete mit einem nachsichtigen Lächeln darauf, daß er dennoch nicht zu spät zur Bank kommen würde. Schließlich mußte er ein Vorbild für seine Mitarbeiter sein. Er war erst seit einigen Wochen der Leiter dieser Filiale und hatte lange auf eine solche Chance warten müssen.

Das rasselnde Geräusch gemahnte ihn an seinen Gang zum Bad. Auch im Sommer fröstelte er dort zunächst. Er wäre immer lieber im Bett geblieben. Vor dem Duschen mied er zudem den Blick in den Spiegel. Nach dem Duschen, wenn er sich rasierte, musterte er sich eingehend, Training und Kosmetik, deren regelmäßige Termine er vor Elisabeth zu verbergen suchte, taten, fand er, ihre Wirkung. Sein Oberkörper war muskulös, der Bauchansatz und beginnende Rundrücken waren erfolgreich bekämpft worden. Seine vierundvierzig Jahre sah man ihm nun wirklich nicht an. Das war auch notwendig. Sabrina hätte ihm das nicht durchgehen lassen. Ja, er war eitel. Das gab er gerne zu. Aber er war normal eitel und er achtete halt auf sich, seit er verstanden hatte, daß er noch begehrt wurde und das nicht nur von der eigenen Frau. Der dunkelblaue Anzug, den Elisabeth nicht vergessen hatte aus der Reinigung zu holen, stand ihm noch leidlich, obwohl er damals unter Berücksichtigung seiner beginnenden Neigung zur Fülle erworben worden war.

"Schatz," tönte es aus der Küche, "Frühstück, du bist spät dran". Er lächelte in den Ganzkörperspiegel des Ankleidezimmers. Elisabeth ist schon ein Engel. Genau wie er, befand er, war sie ein Musterbeispiel für Ausgeglichenheit und Stil. Schwungvoll verließ er in seinem BMW wenig später das Grundstück, das am Stadtrand gelegen war und das er erst vor drei Jahren sich getraut hatte zu erwerben. Er würde heute mit Sabrina zu Mittag essen, irgendwo im Zentrum, so wie ihre

Termine bei Gericht eben lagen. Ein wenig getrübt schien plötzlich die gehobene Stimmung des Morgens, und er konnte nicht lokalisieren, woran dies wohl lag.

Elisabeth

Sie saß am Tisch in der Küche und war erschöpft.

Sie empfand einen dumpfen Stolz, daß es ihr wie jeden Morgen gelungen war, dem BMW vom Gartentor aus lächelnd nachzuwinken.

Völlig unklar, woher die Kraft kam.

Der Kuckuck aus der Uhr, die ihr die Schwiegermutter, sicher mit den besten Absichten, geschenkt hatte, wagte sich achtmal hervor. Auch damals, als ihr das Geschenk überreicht wurde, das ihre Festlegung auf die sorgende Hausfrau bekräftigen sollte, war sie ganz beherrscht gewesen. Lächelnd hatte sie die mißtrauische und nach einem schweren, süßlichen Parfüm riechende Frau umarmt, und sich danach beinahe übergeben. Wilfried hatte einen dummen Scherz gemacht über die frühzeitig beginnenden Wechseljahre und sie hatte es fertiggebracht, ein lautes Lachen, das, zugegeben, etwas schrill geriet, hervorzustoßen, und alles war überspielt gewesen.

Seit gestern ist nichts mehr zu überspielen, dachte sie bitter. Alles ist seit gestern anders. Das Selbstmitleid trat seinen Siegeszug an und Elisabeth begann zu heulen. Sie kämpfte vergeblich dagegen an. Sie würde, wenn sie am Nachmittag den Termin wahrnahm, übernächtigt und verquollen aussehen und sich dafür hassen.

Die Wohlgemutheit war dahin.

Ein kurzes Telefonat nur war dafür erforderlich gewesen.

"Guten Tag, mein Name ist Weiß.

Sabrina Weiß.

Wir lieben denselben Mann.

Ich halte es für sinnvoll, wenn wir uns unterhalten."

Das war alles. Elisabeth hatte sich für heute verabredet. Dazu hatte ihre Beherrschung noch gereicht. Als sie aufgelegt hatte, war sie umgefallen und hatte sich den Kopf, oberhalb der Schläfe aufgeschlagen. So, dachte sie jetzt die Stelle befühlend, mußte sie mindestens eine Stunde im Flur neben dem umgerissenen Telefontisch gelegen haben. Nur kurze Zeit nachdem sie sich aufgerafft hatte, war Marcel aus der Schule gekommen. Ihre Geschichte war kompliziert und wirr gewesen und wurde wahrscheinlich genau deshalb geglaubt. Wilfried ließ später wirkliche Anteilnahme erkennen. Das war der Moment gewesen, den sie nicht auf der Rechnung gehabt hatte, für den sie nicht gewappnet war. Tränen waren ihr aus den Augen geschossen und alles drängte aus ihr heraus. "Mein armer Hase", hatte ihr Gatte gesagt, da er sie so weinend in den Armen hielt, und die Geringschätzung, die sie da herauszuhören vermeinte, hatte ihr die Kraft verliehen, nicht auf ihn einzuschlagen, ihn nicht zur Rede zu stellen. Alles wäre dann verloren gewesen. In diesem Augenblick hätte sie ihn vernichten, ihn demütigen wollen, so stark wie es irgend möglich gewesen wäre. Sie aber wollte um ihn kämpfen, nicht mit ihm. Jedenfalls vorerst nicht, dachte sie zweifelnd. Sie erhob sich mühsam. Sie spülte ein Glas aus und trank vorsichtig, als könne das Glas in ihrer Hand zerbrechen, einen Schluck, dann noch einen. Sie blickte in den dunklen Rachen des Tages, der da vor ihr lag, und würde die Zeit angehalten haben, wenn sie es vermocht hätte.

Ihre Hand spielte mit dem Glas.

Plötzlich wußte sie, warum sich Menschen umbrachten.

Es war ihre einzige Chance, für sich selbst und für immer die Zeit anzuhalten.

Vorsichtig stellte Elisabeth das Glas zurück in die Spüle.

II Langsam kriechender Morgen

Was für ein Glück, daß er immer zu weite Hosen trug. Es war schwer für ihn von der Stange geeignete zu finden. Die, welche lang genug schienen, waren immer auch zu weit und jene, welche eine befriedigende Enge aufwiesen, waren stets zu kurz. So mußte er sich entscheiden. Da er zu kurze Hosen, die den Blick auf seine Socken freigaben, haßte, hatte er sich für die zu weiten Hosen entschieden. Deren Defizit wurde mit einem Gürtel ausgeglichen.

Was für ein Glück.

Mit dem Gürtel hatte er das Bein abgebunden. Die Blutung war vorerst gestoppt. Der Vorsprung in der Mauer war tief genug, so daß er von da aus, wo das Blaulicht rotierte, nicht direkt eingesehen werden konnte. Er hatte beobachtet, wie die Bullen diese fröhlichen weiß - roten Bänder als Absperrung gezogen hatten, hinter denen sich die Schaulustigen in bemerkenswerter Anzahl, sammelten. Trotzdem war es still geworden auf der anderen Seite. Manchmal schob er seinen Oberkörper leicht nach vorn, so daß er am Mauervorsprung vorbei auf die andere Straßenseite spähen konnte. Er sah da eine wachsende Zahl von Behelmten, die, wie er vermutete, vom SEK waren. Eine Frage der Zeit, bis die auf den umliegenden Dächern waren und ihn erledigen würden. Er zog das Magazin aus der Waffe. Noch fünf Schuß um die Meute in Schach zu halten. Was ihm zusätzlich Sorgen machte, war die Tatsache, daß es drinnen so still war. Er würde wohl hier draußen sterben müssen.

Die Frau, die vor ihm lag, hatte aufgehört den Mund zu bewegen. Auf ihrem Mantel bildete sich ein dunkelroter Fleck, der langsam größer wurde. Ihr Gesicht war zur Seite gefallen, ihr hübscher Pony hatte sich zur Seite gelegt wie ein zerknüllter Vorhang und eine sehr schöne Stirn freigegeben. Erst meinte er, sie hätte es schon hinter sich. Dann aber fuhr ihre Hand langsam hin und her, so als wolle sie das Pflaster der Straße abtasten. "Eh, "fragte er dann, "soll ich dich holen, hier ist es sicherer?" Ihr Finger bewegte sich schwach in die Höhe, einmal hin und her. Er staunte, daß sie ihn verstand. Dann fiel ihre Hand aufs Pflaster. Leblos, leicht verkrümmt lag sie da, so als gehöre sie nicht mehr zu der Frau, die wohl eher noch ein Mädchen war.

"Scheiße", sagte er. Und er spürte, wie die Kälte wieder begann in ihm aufzusteigen. Scheiße, dachte er, ich muß auf die Dächer achten. Dann wurde der Morgen dunkel, und er meinte alles sei ein Irrtum gewesen, ein Traum vielleicht, oder aber er war wieder mal an allem Schuld, weil er sich in der Zeit geirrt hatte. Jetzt wird es Nacht und sie kriegen mich richtig am Arsch. Das Gebell aus dem Lautsprecher jenseits der Absperrung erreichte ihn nicht mehr.

Manfred

Den Wagen hatte er noch holen müssen. Er war in Panik geraten, weil der Bus auf sich warten ließ. Die zwei Stationen war er gelaufen. Zehn Minuten zu spät ist er, schweißdurchtränkt, am vereinbarten Treffpunkt gewesen. Nichts, keine Spur von einem bösen, wütenden Maurice, an der Ecke des Parkplatzes. Er rauchte, gierig und in Sorge. Er mühte sich die erneut aufsteigende Übelkeit unter Kontrolle zu halten. In zwei Stunden ging der Flieger. Fünfmal hatte er bereits nachgesehen, ob die Tickets an ihrem Platz waren. Maurice hatte ganze Arbeit geleistet. Vertrauen ist gut, Kontrolle ist besser, sagte der immer. Der Satz stammte von irgendeinem russischen Oberkommunisten. Maurice zitierte noch mehr von dem. Die Kommunisten, sagte Maurice, hätten in allen wesentlichen Punkten recht behalten. Das war ihm dann zu hoch gewesen. Warum sie dann diesen Job machten, wenn er das glaube, hatte Manfred ihn gefragt. Eben deshalb und weil daran nichts zu ändern sei, jedenfalls vorerst nicht. Das hatte er noch weniger verstanden, wollte aber nicht schon wieder wie der letzte Idiot dastehen und hatte also den Mund gehalten. Es reichte ihm auch so schon. Jeden Schritt, jeden Auftrag, den Manfred auszuführen hatte, prüfte Maurice aufreizend pedantisch, fragte mehrmals nach, kontrollierte die angefertigten Unterlagen und Pläne, jedes Detail war seinem Mißtrauen ausgeliefert. Nur er, Manfred, durfte nie fragen, und wenn er es dennoch tat, sagte Maurice nur seinen Lieblingsspruch: alles zu seiner Zeit. Dabei zeichnete sich in seinem Gesicht so ein merkwürdiges Lächeln, das Manfred nicht nur das weitere Fragen vergällte, sondern ein physisches Unbehagen verursachte.

Die Abstände, in denen er abwechselnd auf die Digitaluhr des Fahrzeugs und auf seine Armbanduhr sah, wurden stetig geringer. Schließlich war er nicht mehr in der Lage seinen Blick von einer der Uhren zu lösen.

"Scheiße", sagte er, und seine Hände verkrampften sich um das Lenkrad.

Walter

Er war bestens präpariert.
Und auch auf Marys Fingerknöchel ist Verlaß gewesen. Punkt acht schlug er hart an die Wohnungstür. Sie staunte nicht schlecht, als ihr Martin "versandfertig" entgegenkam. Das Geschirr des Frühstücks war gespült, und Martins Tasche gepackt. Walter streifte seinen zerschlissenen Parka über. Mary suchte sichtlich nach einem Punkt, an dem sie verweilen konnte. "Am Zwanzigsten hole ich ihn ab", sagte Walter, mit einer höflichen Hebung am Ende, mit der er den Satz in eine Frage zu kleiden suchte.

"Hast du es eilig?", fragte Mary ungewohnt verbindlich und Walter konnte nicht widerstehen und sagte: "Ja!" "Na, dann", sagte Mary und ihr Mund wurde wieder zu jenem schmalen Strich, den Walter hassen gelernt hatte. Ich bin ein Idiot, attestierte sich Walter. Einen Augenblick standen sie sich im Flur gegenüber. Sie konnten ihren Atem hören. "Komm jetzt" ,sagte Mary, und griff nach Martins Hand. Der machte sich los und umarmte nachlässig seinen Vater, so als würde ihm eine innigere Umarmung wirklich Ärger einbringen.

Walter folgte den Beiden, seine Reisetasche schulternd, aus der Wohnung, um seine Eile glaubhaft zu machen und Mary gnädig zu stimmen. Martin winkte aus dem Wagen, der sich mit aufheulendem Motor in Bewegung setzte, sein Kopf hing aus dem Fenster, er schnitt eine bizarre Grimasse. Walter winkte und sein Arm wurde ihm schwer dabei. Wir sind dumm, dachte er, dumm und egoistisch. Das Kind wird zuwenig geliebt. Er wußte nicht wohin mit der Wut, die ihn plötzlich ansprang. Er warf die Reisetasche in den Fond seines Wagens.

Wilfried

Kurz vor dem Ziel geriet er in einen Stau. Sein Ärger verrauchte schnell. Irgendwo da an der Kreuzung hatte es geknallt. Wenn die Polizei da wäre, würde es alsbald weiter gehen. Kurz hatte er die morgendlichen Termine gecheckt. Nein, wesentliches stand am Vormittag nicht an. Ein Privatkundenkredit mußte gekündigt werden. Eine Frau, deren Limit immer schon am Anfang des Monats erreicht war, und gegen die einige Pfändungen vorlagen. Das er die Dreckarbeit, also Kündigungen und ähnliches, auf sich gezogen hatte, brachte ihm viel Respekt ein bei seinen Mitarbeitern. Ihm war wichtig, daß seine Angestellten genaue Analysen der laufenden Engagements der Niederlassung fertigten, eine kritischere Sicht war einfacher, wenn man dem betroffenen Kunden dann nicht selbst die schlechte Nachricht überbringen mußte, demselben Kunden, dem man vor zwei Jahren noch mit viel Mühe einen neuen Verbraucherkredit aufgeschwatzt hatte. Ja, er kannte das Geschäft eben. Ein effektives System hatte er sich da einfallen lassen. Die Zahlen waren beeindruckend eindeutig. Und so würde er der Frau, deren Name ihm entfallen war, heute ihren Kredit kündigen. So ging eben das Spiel, dachte er, und pfiff den Schlager mit, der aus dem Radio tönte. Als die Kolonne anfuhr, nahm er sich vor, gleich, wenn er im Büro war, Sabrina anzurufen. Vielleicht war ja mehr drin, als ein Mittagessen, dachte er, sich an sein wohliges Erwachen erinnernd.

Hanna

Außer sich war sie.

An einem Freitagmorgen eine Schlange von fünf Leuten an einem ganz normalen Geldautomaten mitten in Berlin. Das gab es doch gar nicht. Sie kam zu spät, verdammt, zum zweiten Mal in drei Tagen. Sie konnte froh sein, wenn sie heute abend ihren Job in der Kanzlei nicht schon wieder los war. Seit geschlagenen zwei Minuten versuchte der Glatzkopf da vorn etwas Kohle aus dem Automaten herauszubekommen. Wenn sie die Mittagspause würde drangeben müssen, käme Ronny bestimmt am Abend angeschissen. Er hatte dann getrunken und seine glasigen, treuen Augen würden alles komplizieren. Und seine zärtlichen Hände, die streichelten, streichelten und streichelten, auch wenn sie mal richtig angefaßt werden wollte. Nie, dachte sie mit dem Fuß aufstampfend vor hilfloser Wut, hätte sie mit Ronny etwas anfangen dürfen.

Sie war seine erste Frau. Zweiundzwanzig war er da gewesen. Laufen, rennen, sprinten hätte sie sollen. Ein ganzes Jahr älter war sie. Drei Jahre ging das nun schon. Aber immer noch meinte sie, wenn sie mit Ronny schlief, mit einem Kind zu vögeln. Und der Glatzkopf probierte eine weitere Karte, von denen er offensichtlich reichlich hatte. In der Schlange vor ihr erhob sich nun Unmut. Der Blick der Bürochefin, Frau Klenk, die Anne, wie die anderen in der Kanzlei sie nannten, würde wieder bis zum Mittag auf ihrer Haut brennen. Hanna erwog schwarz zu fahren, sich den Einkauf fürs zweite Frühstück zu klemmen. Doch sie verharrte in der Schlange vor dem Automaten, in die, da der Glatzkopf seine Bemühungen Geld zu erhalten endlich aufgegeben hatte, nun Bewegung kam.

Maurice

Es war nicht so, daß er nervös geworden wäre.

Da er die dritte Zigarette auf dem körnigen Asphalt des Parkplatzes ausgetreten hatte, schien es ihm indes geraten, den Zeitplan zu überdenken. Man müßte möglicherweise improvisieren, dachte er. Wenn sein Klient just an diesem Tag krank geworden oder anderweitig verhindert war, dann sei dies unabweisbar höhere Gewalt, versuchte er seine Sorgen zu versachlichen. Wenn nur Manfred nicht in Panik geriet. Er erinnerte sich, wie lange er gezögert hatte, Manfred an seinem Vorhaben zu beteiligen. Er hatte viele Varianten erwogen. Allein war es einfach nicht zu schaffen. Gut war, daß Manfreds Schwachpunkte klar erkennbar gewesen waren. Alkohol, Komplexe bezüglich der Frauen und ferner ein relativ anfälliges Nervenkostüm. Daß Manfred aus dem Westen kam, hatte sich, wie Maurice zugab, im Laufe der Arbeit eher als ein unschätzbarer Vorteil erwiesen. Sein eigener technischer Rückstand war in den paar Jahren, die ihm effektiv zur Verfügung gestanden hatten, nicht aufzuholen gewesen.

Jetzt wurde es aber Zeit, dachte er.

Mindestens vier Wochen würde es dauern, bis es eine Gelegenheit geben würde, die Aktion zu wiederholen. Alles müßte neu organisiert werden.

Noch fünf Minuten, keine Minute länger, nahm er sich vor.

Er dachte an die Frau der Nacht und an die leere Wohnung.

Der alte Trick sich eine Zigarette zu entzünden, wenn man auf

Bus oder Bahn wartete, schien heute nicht zu klappen. Nach ein oder zwei Zügen war das lang erwartete Gefährt meistens gekommen.

Der Klient war eindeutig rücksichtsvoller.

Kurz nachdem Maurice den vierten Zigarettenrest ausgetreten hatte, rollte langsam ein silbergrauer BMW auf den Parkplatz.

Maurice richtete seinen Schlips, nahm seinen Aktenkoffer auf.

Auf seinem Gesicht erschien ein liebenswürdiges Lächeln.

Gemessenen Schritts ging er auf den Wagen zu.

Irene

Sie war zu früh. Eindeutig zu früh. So ging sie die zwei Straßenzüge um die Bank herum. Da sie wieder vor dem Eingang, mit der neuen, getönten Verglasung stand, fröstelte sie. Kurz besah sie sich ihr ein wenig verfremdetes Spiegelbild. Ich sehe aus wie eine Nutte, dachte sie.

Sie würde den Weg noch mal machen müssen.

Zehn Minuten machte das. Dann erst wäre es sinnvoll die Bank zu betreten. Unschlüssig ging sie auf und ab, zündete sich eine Zigarette an. Sie beobachtete ihr Zerrbild aus den Augenwinkeln. Von Vorteil war die Diffusität des in der Scheibe erscheinenden Bildes. Ein nicht eben beglückender Gedanke. Dann aber lächelte sie. "Wow", hatte Frank nur gesagt, als er sein Schulbrot einpackte und sie vor dem Spiegel im Flur gestanden war und versuchte, sich für ein paar Schuhe zu entscheiden. Frank wartete da noch auf irgendeine Ansage, auf einen Kommentar. Seine Augen waren mißtrauisch geworden und Irene hatte abgewunken. "Rein geschäftlich", sagte sie und ärgerte sich gleich über den Tonfall ihrer Stimme, weil dieser so klang, daß sie das eben Gesagte sich selbst nicht würde abkaufen wollen.

Als die Kinder endlich aus dem Haus waren, hatte sie noch immer das mit den Schuhen zu entscheiden. Ihre Wahl war schließlich auf die hohen Pumps mit den recht breiten Absätzen gefallen. Jetzt, da sie sich vor der Bank betrachtete, schien ihr dies eine mehr als leichtfertige Entscheidung. Was, wenn jener Wilfried Schubert nun ein kleiner Mann wäre. Dann wäre alles verloren. Kleine Männer hassen große Frauen. Gewiß, sie träumen davon sie zu ficken, aber eigentlich hassen sie diese Geschöpfe, weil sie ein ständiger, gleichsam wandelnder Hinweis auf ihre von ihnen selbst empfundene Unzulänglichkeit sind. Andererseits konnte sie auch Glück haben. Wilfried Schubert konnte ein stattlicher Mann mit guten Manieren sein. Dann war es gut, daß sie die Pumps trug. Mit flachen Latschen ging sie immer wie ein Dorftrampel. Es kam bei ihrem Hintern, der allmählich die Spannkraft verlor, sehr auf die richtige Kombination von Kleidung und dem entsprechenden Gang an. Diese Schuhe, die sie jetzt trug, waren schon immer das einzige Mittel gewesen, sie zu einem leidlich zivilisierten Ausschreiten anzuhalten. Irenes Nase begann zu laufen. Und sie betrat, um Schlimmeres zu verhüten, die Bankfiliale.

Ihr wurde ein Platz in der Sesselgruppe zugewiesen, mit dem knappen Bescheid, daß sie warten solle, da Herr Schubert noch nicht eingetroffen sei. Herr Läufer, ihr zuständiger Sachbearbeiter, ein Endzwanziger mit unreiner Haut, der ihr stets den Hof gemacht hatte und der auf dem Weg zwischen seinem Beratungsplatz und dem Kassenschalter an der Sesselgruppe vorbei mußte, übersah sie geflissentlich, und Irene hielt dies für alles andere als ein gutes Zeichen. Sie schlug ein Bein über und registrierte die Wirkung bei den Mitarbeitern der Filiale, soweit sie männlich waren. Als sie sich eine Zigarette angezündet hatte, betrat ein, gottlob, großer, gutaussehender Mittvierziger den

45

Raum. Er war in Begleitung eines jungen, sehr nobel gekleideten Herren, der ihm dicht folgte. Kein Zweifel, dachte Irene, mit einem Blick auf das Verhalten der übrigen Mitarbeiter, welche augenblicklich in eine beflissene Aktivität verfallen waren, das ist der Chef. "Keine Störung bitte, vorerst", sagte der Chef in den Raum hinein. Es klang etwas schrill, fand Irene. Dann waren die Herren bereits im Büro verschwunden.

"Pu", machte Irene und hob verstohlen die Zigarette, die ihr entfallen war, von dem Velourteppich auf, in den bereits ein ansehnliches Loch gebrannt war. Über das Loch stellte sie ihren Fuß, der nervös ein wenig auf und ab wippte.

Elisabeth

Der Wasserstrahl nahm ihr die Luft. Hart schlug er ihr auf den Kopf und vor die Brust. Sie mußte sich festhalten, einen Augenblick spürte sie, wie ihr Herz eine Pause einlegte. Sie kam wieder zu Atem, tastete nach dem Hahn um warmes Wasser zuzuführen. Unbeweglich stand sie dann unter dem Wasserstrahl und sah an ihrem Körper hinab. Sie war vierzig und gut trainiert. Aber eben vierzig. Sabrina Weiß war sicher jünger. Und bestimmt hingen deren Titten nicht so wie die Ihren. Sie würde, wenn sie kämpfen wollte, sich lächerlich machen. Um was wollte sie eigentlich kämpfen. Schon lange wußte sie, daß es so wie es war, nicht bleiben konnte. Und das hatte nichts mit Sabrina Weiß zu tun.

"Hören wir uns das doch einfach mal an", sagte sie später, in ihren weißen Bademantel gehüllt, zu ihrem Spiegelbild. Der Nachhall ihrer Worte war dumpf. Sie versuchte ein Lächeln. Sie versuchte Varianten. Sie wollte verzweifeln. Sie beschloß, vor dem Termin noch ihre Kosmetikerin aufzusuchen.
Sie mußte sich besser fühlen.
Sie mußte das aushalten können.

Sabrina

Sie war sich zunächst sicher gewesen, daß sie all das nur geträumt hatte.

Auch der Kopf, der bei jeder Bewegung ein knirschendes Geräusch zu verursachen schien, legte diesen Schluß nahe. Diese Scheißsauferei, dachte sie. Beim Morgentee waren alle Hoffnungen zerstoben. All das war Wirklichkeit. Was, um alles in der Welt, sollte sie Wilfried erzählen beim Mittagessen. Sie würde ihm irgendwas sagen müssen. Wenn er überhaupt noch kam. Wenn seine Frau nicht schon reagiert hatte. Was sie von der Frau ihres Geliebten wollte, war ihr jetzt völlig unerfindlich.

Sie würde sich zusammenreißen müssen. Der Morgen war angefüllt mit Gerichtsterminen, die ihre ungeteilte Aufmerksamkeit benötigten. Sabrina Weiß verließ ihr Apartment und stoppte ein Taxi. Wegen Restalk den Führerschein loszuwerden, dachte sie, ist dann doch zu blöd.

Elfriede

Zweimal hatte es geknallt. Dann, als sie schon dachte, sie hätte sich geirrt, hatte es noch mal geknallt. Wie Schüsse hatte sich das angehört.

Sie war zum Fenster gegangen und hatte auf den Platz, an dem drei Straßen zusammentrafen, runtergesehen. Eine Frau hatte auf dem Pflaster gelegen. Leute waren hektisch hin und her gerannt. Alle zeigten in ihre Richtung, Elfriede hatte Angst bekommen und war ganz schnell vom Fenster weggegangen.

Sie hörte Sirenen.

Und dann einen Lautsprecher, der blechern schepperte. Die Worte verstand sie nicht.

Nachdem sie einen Tee gemacht hatte, überwand ihre Neugier die Angst. Sie sah wieder aus dem Fenster. Die Gegend war nun mit Bändern abgesperrt. Viele Polizeiwagen säumten den Platz. Männer mit Gewehren, die aussahen, wie Gestalten aus diesen Zukunftsfilmen, liefen überall herum. Elfriede achtete darauf, daß sie nicht zu sehen war. Wieder plärrte eine Lautsprecherstimme. Aber Elfriedes Ohren waren nicht mehr die besten. Sie hoffte, daß dies alles vorbeigehen möge, bevor es Mittag wurde. Denn immer am Freitag kam der nette junge Mann, dessen Namen sie leider immer wieder vergaß, würde ihr das Mittagessen machen und sie würden wie jeden Freitag eine Partie Schach spielen. Er war ganz reizend und hatte gute Manieren.

Zweimal war er mit einem Tonbandgerät gekommen und sie hatte ihm ihr Leben erzählen müssen. Das hatte ihr großen Spaß gemacht. Er war es auch gewesen, der Saskia, ihre Katze, umsorgte, als sie mit einem Herzanfall ins Krankenhaus mußte. Sie hätte nie geglaubt, daß es solche jungen Leute noch gibt. Er hatte ihr eine Busreise in den Harz organisiert und unterdessen die kaputte Dielung im Zimmer ihres seligen Eberhards, in dem sie jetzt immer schlief, repariert. Sie wollte ihm Geld geben dafür, aber er war dann beleidigt gewesen und sie hatte das Thema ganz schnell fallengelassen. Seit der Junge immer am Freitag bei ihr war, hatte sie keine Angst mehr vor dem Altersheim, in das Lisa, ihre Tochter, sie lieber heute als morgen verschwinden lassen wollte. Der Junge stand ihr bei. Heute aber, wenn die da unten nicht bald fertig würden mit ihrem Zirkus, würde er nicht kommen können, und dann würde Elfriede eine lange Woche warten müssen.

Elfriede fürchtete den Tod nicht. Immer, sagte sie zu dem Jungen, immer kann das jetzt passieren. Ich hab mein Leben gelebt, sagte sie. Aber es wäre schon blöd, wenn sie sterben würde, ohne noch mal Schach mit ihm gespielt zu haben. Eine Woche war eine verdammt lange Zeit. Eine Woche, nur mit der Wanduhr, mit Saskia und nachts manchmal mit dem seligen Eberhard, das würde hart werden, dachte Elfriede, und versuchte das Fenster so unauffällig wie möglich zu öffnen.

III Die Zeit, die bleibt

Die Zeit, als würde sie Atem holen.

Alles bewegt sich, alles vergeht, rasend schnell. Aber die Geräusche schienen ihm merkwürdig verzögert.

Er ist über die Straße gelaufen. Vier Schritte vom Eingang entfernt hatte er, wie so oft geübt, sich die Maske mit der einen Hand über den Kopf gezogen, in der anderen die Pistole. Vier Schritte vor dem Eingang, wie verabredet. Da war der Kerl aus der Schlange am Automaten getreten. Sieben Meter war er allenfalls entfernt gewesen. Ganz schnell hatte der plötzlich auch eine Waffe in der Hand. Der hat etwas gebrüllt, aber er hat das einfach nicht verstehen können. Er wollte nur zum Eingang. Dann war da ein Knall gewesen, das widerlich peitschende Geräusch eines Schusses. Da hat er eben auch geschossen.

Das Mädchen hatte wahrscheinlich gerade Geld geholt, sie kreuzte den Weg. Sie sah ihn erschrocken an. Ein sehr hübsches Gesicht und einen dichten Pony, für solche Mädchen hatte er immer etwas übrig gehabt. Ihr Mund war offen gewesen. Ja, das mit der Maske sah sicher nicht sehr vertrauenerweckend aus. Sie duckte sich. Dann war da der zweite Schuß. Das Mädchen fiel auf die Knie und ihr Pony wippte dabei. Das Gesicht war immer noch nur erschrocken gewesen. Er hat dann noch mal zurückgeschossen, über ihr erschrockenes Gesicht hinweg. Er traf, aber leider nicht so, daß der andere aufgehört hätte. Er hörte aber keinen Knall mehr. Nur einen Schlag spürte er, gegen einen seiner Oberschenkel, der rechte war es wohl gewesen.

Er ist hingefallen. Nein, es hat ihn umgeworfen. Das Bein brannte dann, als hätte man es mit Benzin übergossen und angezündet. Er hat sich noch mal umgesehen, so im Liegen. Der schießwütige Kerl hatte sich hinter ein parkendes Auto gerollt. Und er, er schaffte es bis zu dem Mauervorsprung. In die Bank würde er nicht mehr kommen. Er müßte aufstehen. Das wäre dann für den anderen, der hinter dem Auto lauerte, ein lustiges Scheibenschießen.

Doro

Sie nahm die S - Bahn.

Erst in Spandau bestieg sie den ICE. In Köln würde sie umsteigen müssen. Ihre Füße hatte sie auf der Reisetasche gelagert, die Zeitschriften, die sie am Kiosk erstanden hatte, lagen auf dem Sitz neben ihr. Eine Stunde hatte sie noch, bis es Zeit sein würde zu telefonieren. Sie kontrollierte ihre Brieftasche. Die Telefonkarte befand sich am vorgesehenen Ort. Als sie die Brieftasche verstaute, knisterte der Briefumschlag in ihrer Innentasche. Noch hatte sie ihn nicht zu öffnen gewagt. Sie schob diesen Moment immer weiter hinaus. Wenn wir den Osten verlassen haben, sagte sie sich jetzt, werde ich ihn aufmachen.

Ihre Fahrkarte wurde kontrolliert und ein schlecht gelaunter Mitarbeiter der Mitropa, schob einen Wagen, den er als Minibar zu bezeichnen sich erdreistete, durch den Gang und bot Getränke und Snacks zu deutlich überhöhten Preisen an.

Sie versuchte sich zu entspannen. Als ihr das gelingen wollte, hatte sie Sorge einzuschlafen. So ging sie in den Raucherwagen und zündete sich eine Zigarette an. Nach den ersten zwei Zügen legte sich ihre kurz aufflackernde Erregung. Sie blickte auf die vorbeijagende, trübe Herbstlandschaft, die platt und ohne Abwechslung war. Sie befühlte den Brief in ihrer Innentasche. Ganz langsam ließ sie ihn hervor gleiten. Der Umschlag war aus Büttenpapier. Vorsichtig öffnete sie ihn. Zwei eng beschriebene Seiten. Seine steile, schwungvoll angesetzte Handschrift benötigte immer viel Raum. Er hatte einen hintersinnigen Humor. Sie lächelte, als sie den Brief wieder in ihrer Innentasche verwahrt hatte. Alles Blödsinn, dachte sie, nichts würde so sein, wie sie es sich gedacht hatten.

Sie kam sich seltsam töricht vor auf ihrer Reise.

"Hühnchen" hatte er sie genannt in ihrer ersten Nacht und ihr weh getan. Jetzt, dachte sie, ist es zu spät.

Hühnchen, dachte sie wütend, und kämpfte gegen die aufsteigenden Tränen.

Hanna

Am liebsten hätte sie alle vor ihr verprügelt. Sie spürte einen Haß, der ihr selber völlig idiotisch erschien. Es bedurfte trotzdem zweier Versuche, die Karte in den Schlitz zu bekommen. Dann hatte sie Schwierigkeiten, sich an ihre Geheimnummer zu erinnern. Sie schloß die Augen, atmete durch und konnte schließlich ihr Geld entnehmen.

Dann sah sie ihn, den Mann mit der Maske. Sie war stehengeblieben. Komisch, dachte sie noch, wie im Kino. Hinter ihr schrie jemand irgendwas. Sie fand das albern, war aber sicherheitshalber bereit, die Hande zu heben. Dann knallte es und ein Schmerz, den sie noch nie gefühlt hatte, durchschlug ihren Körper. Sie hatte das Gefühl halbiert zu werden. Sie wollte stehen und zunächst war sie auch sicher gewesen, daß sie stand. Nur war es ihr unangenehm, daß sie kleiner war als sonst. Erst als sie auf ihr Gesicht gefallen war und es nicht schaffte wieder aufzustehen, stieg panische Angst in ihr auf. Weder die Beine, noch der ganze Unterleib hatten irgendein Gefühl, so als wäre sie wirklich halbiert. Sie hob den Kopf und sah den Mann mit der Maske. Er lehnte an einem Mauervorsprung. Ihr Blut floß ihm entgegen. Sie zwang sich hinzusehen. Falsch, dachte sie mit gewisser Befriedigung, sein Blut floß ihr entgegen.

Sie sprach ihn an. "Du mußt dein Bein abbinden", sagte sie und registrierte, daß sie ihre Stimme nicht hören konnte. Dann drehte sie das Gesicht auf die andere Seite. Sein Blut floß ihr rasch entgegen. Sie wollte es nicht auch noch riechen müssen.

Walter

Er war sicher hinter dem Audi. Bald würden die Kollegen da sein. Das Schwein war festgenagelt. Er mußte nur durchhalten. Dem Mädchen würde man helfen müssen. Er hatte den ersten Schuß in die Luft abgegeben. Das war der Fehler. "Geben Sie auf, Sie haben keine Chance!", rief er hinüber. Zwei Schüsse hallten als Antwort über den Platz. Die Scheiben des Audi zerplatzten und überschütteten ihn mit einem Regen aus Glas. Er schoß nicht zurück. Die Sicht war nicht gut, das Schußfeld miserabel. Ein unbeteiligter Verletzter reicht, dachte er.

Er hatte das Gefühl auszulaufen. Er hatte nichts um die Blutung zu stoppen. Er hoffte nur, der Andere wäre ebenfalls stärker verletzt, damit er nicht doch noch entkam. Er vermied es auf seine Schulter zu sehen, versuchte sich auf den Platz vor ihm zu konzentrieren. Aber er sah, wie das Blut eine Pfütze bildete, die sehr rasch wuchs, und er bekam es mit der Angst. Unerklärlich war ihm, daß er keinerlei Schmerz verspürte. Er mühte sich das Geschehene zu rekonstruieren, aber die Bilder verschwammen. Er hatte erst Bargeld holen wollen, bevor er in der Bank Lire tauschte. Das Mädchen vor ihm in der Schlange war ihm aufgefallen, weil er ihren Hintern richtig Klasse fand. Sie mußte gleichsam in seinen Schuß gelaufen sein. Unerklärlich, wo sie herkam. Sie mußte kurzfristig die Richtung gewechselt haben. Er spürte, wie ihm kalt wurde, er konnte die Pistole nicht mehr halten. Er lehnte sich gegen das Fahrzeug und mühte sich zu atmen, aber es gelang ihm nicht. Er sah Mary, wie sie versuchte ihm aufzuhelfen, ihre Hände voller Kraft und der Junge war da auch, er weinte, er zerrte an ihm. Das kann doch nicht ernst gemeint sein, dachte er. Ich kann doch hier nicht verrecken. Bevor ihn die Panik richtig erreichen konnte, wurde es dunkel um ihn.

Walter hörte von fern das vertraute Tönen der Martinshörner. Ein Lächeln streifte sein Gesicht. Es war noch da, als die Rettungssanitäter ihn neben dem Audi fanden.

Die Wiederbelebungsversuche blieben ohne Erfolg.

Maurice

Mit dem Klienten war es ein sehr angenehmes Gespräch gewesen. Bis dann draußen der Tumult begann.

Herr Schubert, sein Klient, hatte zu schwitzen begonnen und ihm Kaffee angeboten. In Anbetracht der Umstände war er gezwungen gewesen, ihn abzulehnen. Herr Schubert, das mußte man ihm lassen, hatte sich schnell wieder gefangen. Er tat seine Pflicht. Er belog ihn, was das Zeitschloß anging, und wollte vom separaten Wertpapierdepot nichts wissen. Maurice lächelte da liebenswürdig und verständnisvoll. Beide machten sie halt ihren Job. Maurice wollte Geld und Schubert wollte verhindern, daß er es sich nahm. Manchmal ist alles ganz einfach. Er klärte den Leiter der Filiale über seine Kenntnisse bezüglich des Zeitschlosses auf und darüber, daß er wußte, daß noch heute das überständige Bargeld abgeholt werden sollte.

Herr Schubert wurde da noch etwas blasser. Als Maurice aber an dessen Schreibtisch ging, die unterste Schublade öffnete und einen Schlüssel, der mit Tesafilm an der Unterkante befestigt war, hervorholte, klappte Schuberts Kinnlade nach unten und blieb dort eine ganze Weile.

Maurice bat Herrn Schubert um Kooperation. Es wäre für alle Beteiligten, unter den gegebenen Umständen, das Gesündeste.

"Was wollen sie mit Inhaberaktien und Schuldverschreibungen", fragte Herr Schubert, als er sich offensichtlich wieder in der Gewalt hatte.

Maurice war nicht ungeduldig geworden. Er versicherte, daß es für beinahe alles Abnehmer gäbe. Die Sache lief blendend, sie mußten nur noch auf den nächsten Zeitschloßzyklus warten. Und Maurice hatte es sich am Schreibtisch von Herrn Schubert bequem gemacht. Jetzt wäre es Zeit, daß die Schalterhalle besetzt würde, hatte er noch gedacht. Dann vernahm er Schüsse, hörte vereinzelte Rufe und wußte, daß es nicht nach Plan lief. Herr Schubert war aufgefahren. Maurice hatte begütigend die Hände gehoben. "Aber, aber, Herr Direktor, wir wollen doch nicht gleich die Nerven verlieren", hatte er hervorgebracht und war seltsamerweise selbst wieder ruhiger geworden. Er bat den Filialleiter voranzugehen, wie die Dinge lägen, sei er gezwungen, den Mitarbeitern selbst seine Aufwartung zu machen.

Im Foyer spähte er als erstes auf die Straße. Sie war menschenleer. Er sah eine Frau auf der Straße liegen und einen Hinterkopf, der an der Scheibe der Bank lehnte.

Er wandte sich an das Personal und bat für einen Moment um dessen ungeteilte Aufmerksamkeit. Er holte eine Pistole hervor und äußerte die Hoffnung, diese nicht einsetzen zu müssen. "Die Situation zwingt mich eine Weile Ihre Gastfreundschaft in Anspruch zu nehmen, ich rechne auf Ihre Kooperation, wie sie mir Herr Schubert bereits versichert hat. ", sagte er zu den wie erstarrt herumstehenden Angestellten. Er lächelte liebenswürdig und steckte seine Pistole wieder ein.

Als ein langer Kerl, mit Pickeln im Gesicht, sich zu seinem Schreibtisch bewegen wollte, schüttelte Maurice bekümmert den Kopf. "Sparen Sie sich die Mühe, die Polizei ist bereits alarmiert." Er bat Herrn Schubert dann allerdings, den jungen Mann an seinen Stuhl zu fesseln. Er hätte nun weiterhin kein Vertrauen mehr in dessen Kooperationsbereitschaft. Er öffnete seinen Pilotenkoffer und warf Schubert ein paar Handschellen zu. Schubert tat, wie ihm geheißen, wenn er sich dabei auch sichtlich unwohl fühlte.

Erst, als er wieder nach draußen sehen wollte, fiel Maurice eine Frau auf, die völlig ungerührt in der Sesselgruppe saß und rauchte. Maurice ging auf sie zu. Im Rücken spürte er die Blicke der Bankangestellten, die noch immer an ihren Arbeitsplätzen standen. Er lächelte. "Sie gehören hier nicht her? "fragte er die Frau, die ein Bein übergeschlagen hatte, als sie sah, daß er auf sie zukam. "Ich habe einen Termin", antwortete sie patzig. "Schulden?". Die Frage war wohl etwas zu direkt gewesen. Die Frau antwortete nicht. Maurice lächelte. "Was glauben Sie, warum ich das hier mache." Da lächelte auch die Frau, wenn auch noch etwas verunsichert. Maurice versuchte sich wieder zu konzentrieren, das Lächeln auf seinen Lippen erstarb. Er gab Anweisung alle Telefonanschlüsse aus der Wand zu reißen und sammelte die Handys ein. Man würde also improvisieren müssen, dachte er.

Manfred

Er wollte die Maske vom Gesicht haben.

Doch es fehlte ihm an Kraft, auch nur die Hand zu heben.

Merkwürdig fand er, daß er nicht längst erschossen worden war.

Sie waren auf den Dächern. Er konnte sie sehen.

Die Frau neben sich bemerkte er erst, als sie sich zu ihm hinhockte. Ihr kurzer Rock spannte beängstigend. Sie lächelte ihn unsicher an. Rufe von der anderen Seite der Straße wurden laut. Er verstand nichts. Sie winkte in Richtung der Straße und wies mit beinah rudernden Armbewegungen auf die Bank. "Der Herr da drinnen, läßt anfragen, ob sie in die Bank wollen und wie es ihnen geht, sagte sie, und lächelte nervös. Klar, dachte er, Maurice bleibt cool. So schnell war der nicht aus dem Konzept zu bringen.

Er schluckte zweimal, bis er glaubte sprechen zu können.

"Ich schaff's nicht mehr. Sagen Sie ihm, es ist meine Schuld, ich hab's vermasselt.... Lassen sie mich und die Kleine da abholen, vielleicht lebt sie ja noch. Ich komm hier sowieso nicht mehr weg..."

Die Frau nickte und ging einen Schritt auf die Polizeiwagen zu. Sie hielt die Hand an das Ohr, so als würde sie einen Telefonhörer halten und deutete in Richtung Bank. Dort war auf einem großen weißen Blatt eine Funktelefonnummer angebracht worden.

Er drehte den Kopf wieder zu den Dächern, dort oben war Bewegung entstanden. Die Frau, deren Beine endlos lang waren, wie sie so vor ihm stand, fragte, ob sie ihm was bringen könnte. Und er lachte gequält und sagte,: "Wir sind doch hier nicht bei der Friedensfahrt!". Das war einer der Lieblingssprüche von Maurice gewesen, wenn er sich wieder einmal Hilfe an der falschen Stelle erbeten hatte. Mitten in sein Lachen hinein, ereilte ihn die nächste Ohnmacht.

Elisabeth

Die Gesichtsmaske brannte wie Feuer.

Da sie sich heute in allem mißtraute, ließ sie es geschehen. Der Schmerz lenkte sie von Gedanken ab, die sie schockierten und zu denen sie sich nie für fähig gehalten hätte. Sie war dabei gewesen, sich in allen Einzelheiten vorzustellen, wie sie beim nächsten Geschlechtsakt, der üblicherweise am Sonntagmorgen stattfand, ihrem Gatten den Schwanz abschnitt. Sie stellte sich das Blut vor, das über die weiße, wohlriechende Bettwäsche schoß, den sich windenden, winselnden Wilfried. Und sie war entsetzt über sich, vor allen Dingen über den Moment der Befriedigung, den diese Vorstellung in ihr auslöste. Sie atmete bewußter und vertrieb all diese Gedanken. Sie versuchte sich auf den nachmittäglichen Termin zu konzentrieren. Aber auch da kam ihr nur der Gedanke, daß es vielleicht besser wäre, nicht so abgeklärt und verständig der Frau, die ihr den Mann wegnehmen wollte, gegenüber zu sitzen, sondern sie mit Wein zu übergießen oder sie mit einer Flasche zu traktieren. Ungeahnte Kräfte würde sie entfalten und die andere ein für alle mal in die Flucht schlagen. Sie lächelte und die Maske spannte. Es wurde Zeit sie zu entfernen.

Aber selbst als sie unter dem Solarium lag und die säuselnde Musik ihr das Gift der Rührung ins Ohr träufelte, behielt die Vorstellung, der Schlampe, die die Stirn hatte ihren Mann zu vögeln, einfach das wahrscheinlich wohlgeformte Nasenbein zu brechen, eine gewisse Faszination. Auch war es verwunderlich, welcher Sprache sie sich in Gedanken zu bedienen wußte. Elisabeth erkannte an, daß es wohl nie zu spät war, noch etwas über sich selbst zu erfahren.

Sabrina

Sie hatte bis zum Mittagessen mit Wilfried noch Zeit. Dennoch ging sie lieber in das Café in der Nähe des Gerichtsgebäudes, als in die Kanzlei zurückzukehren. Der Vormittag war gut gelaufen. Es war ihr gelungen sich zu konzentrieren. Jetzt aber, da sie vor ihrem Espresso und dem Glas Weißwein saß, grübelte sie darüber nach, wie sie Wilfried erklären sollte, was sie getan hatte. Wilfried, das mußte sie ihm lassen, hatte immer mit offenen Karten gespielt. Nie hatte er versprochen, sich von seiner Frau zu trennen. Von ihr, hatte er erklärt, wolle er sich auch nicht trennen. Aber wenn sie ihn ganz für sich wolle, dann wäre seine Wahl klar. Da hatte sie ihm die erste und einzige Szene gemacht. Er war nicht beleidigt gewesen, eher erschrocken, hatte er sich zurückgezogen. Sie hatten sich zwei Wochen nicht gesehen und er war auch nicht ans Telefon gegangen. Sie hatte ihn dann vor der Bank abgepaßt und sie hatten in einem Hotelzimmer am Rande der Stadt eine leidenschaftliche Versöhnung gefeiert. Am Abend war er nach Hause gefahren und sie ist im Hotelzimmer geblieben. Sich in ihrem Elend und ihrer tief empfundenen Erniedrigung suhlend, hatte ihr Verstand sich gemeldet und gefragt, was sie eigentlich an diesem Wilfried Schubert so herausragend fand, daß sie sogar bereit war, sich mit seinem kürzeren Ende zufriedenzugeben. Die Frage war so nicht zu beantworten gewesen. Und auch heute wußte sie keine Antwort darauf. Sie gab vor, ihn nicht verlieren zu wollen, und gerade diesen Verlust hatte sie selbst durch ihr Tun heraufbeschworen. Ich bin eine blöde Kuh, stellte sie fest und bestellte noch ein Glas Wein. Der Fernseher über dem Tresen zeigte Bilder von einer blutverschmierten Straße und einen, mit Bändern abgesperrten Platz, der Sabrina bekannt vorkam. Ein flüchtiger Augenblick des Erkennens, dann wandte sie sich wieder dem Wein und ihrem Problem zu, das sich anschickte, unaufhaltsam größer zu werden.

Irene

Die Nachricht hatte sie überbracht. Dann war ihr schlecht geworden und sie mußte sich setzen. Sie hatte sich schon gefragt, wo die allgegenwärtige Angst, die sie beherrschte, geblieben war. Und genau das schien der Moment gewesen zu sein, wo sie über ihr zusammenschlagen wollte.

Der Mann, der sich Maurice nannte, telefonierte mit der Polizei. Danach wandte er sich Irene zu. Er bot ihr Weinbrand an, den er ihr in einem flachen, silbernen Fläschchen reichte. Irene nahm an. Das Zeug war stark, brannte sich den Weg vom Rachen bis zum Magen, und zeitigte rasch die gewünschte Wirkung. Der Mann, der sich Maurice nannte, lächelte ihr zu. Er war gewandt, hatte beste Umgangsformen und war durch das Geschehen vor der Bank, das ihn durchaus nicht zufriedenstellen konnte, offensichtlich nicht aus der Ruhe zu bringen.

Warum überfällt so einer eine Bank, dachte Irene. Der hat doch tausend andere Möglichkeiten an Geld zu kommen. Und sie fragte sich, warum sie sich, trotz der Situation, so sicher fühlte. Sie hatte sich nur gefürchtet, als sie draußen die paar Schritte auf die Polizei zugehen mußte und in viele, sehr viele Mündungen von Waffen hatte blicken müssen.

Sie wollte sich dennoch zurückhalten. Ihr waren die mißtrauischen Blicke der Bankangestellten nicht entgangen, die schlotternd vor Angst noch immer neben ihren Arbeitsplätzen standen, als wären sie da festgewachsen. Ich muß mich raushalten, dachte Irene und betrachtete den Mann, der nachdenklich auf und ab ging. Beinahe hatte es den Anschein, als würde er meditieren. Nach einem Blick nach draußen bat er die Angestellten höflich, sich vor dem Eingang in einer Linie aufzustellen. Die Mitarbeiter folgten nur zögernd. Irene stand auf und wollte deren Beispiel folgen. Der Mann schüttelte den Kopf, und verwies sie an ihren Platz. Dann kamen Rettungskräfte auf die Bank zu, kümmerten sich um die Verletzten. Hinter den Sanitätern aber folgten einige Leute vom SEK. Als sie die Linie der Angestellten am Fenster stehen sahen, die, auf Anweisung des Bankräubers, artig die Hände hoben, zogen sie sich, wenn auch sichtlich zögernd, wieder zurück. Der Mann, der sich Maurice nannte, hatte das Schauspiel aufmerksam aus der zweiten Reihe verfolgt. Jetzt nickte er und griff zum Handy. Während er telefonierte, blickte er sie an und lächelte. Irene wich seinem Blick aus.

Wilfried

Sein Grübeln lenkte ihn ab.

Woher hatte der Mann nur all die Informationen. Das, was dieser Kerl, der so tat, als hätte er eine Kinderstube gehabt, wußte, konnten nur Läufer und die Schneller wissen. Er betrachtete Läufer, als sie sich aus der Reihe lösen durften und an ihre Plätze zurückkehren sollten. Der war an seinen Sitz gekettet sitzen geblieben und sah gleichmütig aus. Ihm selbst hatte der Räuber einen Platz neben der Frau, deren Name ihm immer noch nicht einfiel, angewiesen. Aber Läufer war es gewesen, der Anstalten gemacht hatte, den Alarmknopf zu erreichen. Das konnte auch Show, Verabredung gewesen sein. Läufer war scharf gewesen auf seinen Posten, hatte gegen ihn intrigiert. Nun gut, beweisen konnte er das nicht. Läufer, dachte er, Läufer ist besonders verdächtig. Oder war es doch die Schneller. Er betrachtete die Frau, die ihm beinahe gegenüber saß. Sie schien sich zu fürchten, ihre Hände zitterten beschäftigungslos über den Tisch. Sie hatte einen ziemlich aufwendigen Lebenswandel und schlief mit einer Reihe von Herren, die sie gelegentlich auch von der Bank abholten. Der Mann, der sich ihm als Maurice Schubert vorgestellt hatte, (er fand das wohl witzig), wäre durchaus ihr Geschmack gewesen. Vielleicht war es auch die Huber. Die hatte seit gestern Urlaub. Sie war noch nicht lange bei ihm in der Niederlassung. Andererseits hatte sie keinen Zugang zu all den Informationen, die der Räuber offensichtlich besaß. Er würde der Polizei später seine Vermutungen mitteilen.

Dann, als der Mann wieder auf ihn zukam, durchfuhr ihn die Angst plötzlich wie ein Messer. In den Krimis trugen die Männer, die Banken überfielen immer Masken. Warum tat er das nicht? Die Kameras hatten ihn längst aufgezeichnet. Er hatte nichts dagegen unternommen. Und sie alle hatten ihn gesehen. Wollte der sie am Ende alle umbringen. Wilfrieds Mund wurde trocken. Diese scheißfreundlichen Typen, die so kultiviert tun, die sind noch immer die Schlimmsten. Einige von Ihnen sind sogar Sadisten. Jedenfalls war das in den Filmen immer so gewesen.

Der Mann, der ein Bankräuber war, winkte ihm und lächelte freundlich. Seine Augen, dachte Wilfried, die Augen lächeln nicht mit. Er konnte sich nur mühsam erheben. Sein Beben war nicht zu unterdrücken. Deutlich sah er die sich unter dem Jackett abzeichnende Pistole. Er sah sich selbst im Tresorraum liegen, blutüberströmt. Für Sekunden war das Bild ganz real. "Tun sie mir nichts", hörte Wilfried sich jaulen. Aber erst, als er merkte wie ihm die Pisse in die Hose schoß, gewann die Scham bei ihm die Oberhand. Der Mann, der sich Maurice Schubert nannte, sah ihn irritiert an. Der Fleck auf Wilfried Hose wurde rasch größer. Der Mann begann zu lachen. Es klang ein wenig wie ein Hustenanfall. Aber dann mischte sich ein helles, klares Lachen ein. Wilfried sah sich betroffen um. Die Frau in der Sesselgruppe, deren Name ihm entfallen und deren Kredit zu kündigen war, bog sich vor Lachen.

IV Ein Mittag ohne Speise

Paul

Er war erst spät erreicht worden.

So war er erst mit dem SEK eingetroffen.

Als er Walters Jacke auf der Straße, hinter dem Wagen, und all das Blut sah, hatte er ein taubes Gefühl in den Händen bekommen.

Die Rettung stand noch da. Und Walter lag im Wagen, auf der Bahre. Und Paul Berger hatte das Gefühl sich übergeben zu müssen.

Er wollte die Bank stürmen. Sofort, umgehend.

Nach der Lageeinweisung war auch die Hoffnung verflogen, daß man es nur mit dem Mann vor der Bank zu tun hatte. Der erste Kontakt war vom SEK eingeleitet worden.

Überraschenderweise konnten sie nicht nur das Mädchen holen, sondern auch den Bankräuber, der schwer verletzt war. Paul ging nicht zu ihm hin. Er würde ihn später vernehmen. Noch hatte er Sorge, er könnte ihn erschlagen. Dann stimmte er sich mit dem Einsatzleiter des SEK ab und telefonierte mit der an der Bank ausgehangenen Nummer. Der Mann, der sich meldete, hatte eine sehr ruhige Stimme. Er erkundigte sich nach dem Befinden der Verletzten. Er fragte, ob es sonst noch Verletzte gegeben hätte. Paul wollte ihn anschreien, daß er ein Mörder sei und daß er ihn kriegen würde. Der letzte Rest Vernunft, den sein Gehirn hatte mobilisieren können, hinderte ihn gemäß Polizeianweisung, einen offensichtlichen Geiselnehmer in eine aussichtslose Lage zu bringen. So schwieg er und überging die Frage. Zu mehr war er nicht in der Lage. Grob fragte er: "Was wollen Sie?"

Der andere lachte ins Telefon: "Alles zu seiner Zeit". Dann hatte er aufgelegt. Paul Berger steckte sich eine Zigarette an und starrte zu der Bank hinüber. Das ist ein schwerer Brocken, dachte er beunruhigt. Er würde lieber weitere Verstärkung anfordern und jemanden, der vor Ort die Verantwortung übernahm. Walter wäre genau richtig gewesen. Aber Walter war tot. Und der Hund, um dessen Leben jetzt vermutlich gekämpft wurde, hat ihn erschossen. Als er mal gesagt hatte, daß er alle wirklichen Verbrecher einfach an die Wand stellen würde, hatte Walter ihn angeschrien, so was wie er hätte in einer demokratischen Polizei nichts zu suchen. Und jetzt ist Walter tot.

Paul warf die Zigarette fort und ging mit schwerem Schritt zu einem Streifenwagen.

Doro

"Alles geht seinen Gang", hörte sie.

Dann wurde aufgelegt. Die Digitalanzeige des Telefons zeigte 11,60 DM Guthaben. Verwirrt entnahm sie die Karte und flüchtete auf die Zugtoilette. Sie fühlte die Erschütterungen des Zuges, als sie sich erbrach. Hektisch wischte sie auf, was daneben gegangen war.

Später stand sie im Gang und sehnte sich nach den alten Zügen, wo man das Fenster herunterziehen und sich den Fahrtwind ins Gesicht schlagen lassen konnte. So stand sie am Fenster, die Klimaanlage tat das ihr Mögliche. Aber das ihr Mögliche war für Doro nicht genug. Diesmal schaffte sie es nicht bis zur Toilette.

Sie wollte danach in ihr Abteil, aber der Geruch, verstärkt durch das schwere, süßliche Parfüm einer zugestiegenen Dame, verursachte ihr erneut Brechreiz. Sie eilte in die entgegengesetzte Richtung, suchte eine andere Toilette und spülte sich dort den Mund, benetzte das Gesicht mit Wasser. Eine kurze Illusion von Erfrischung.

Alles geht seinen Gang, dachte sie, als sie dann erneut am Fenster stand und zu atmen suchte. Für Zuversicht sorgte ein Blick auf die Uhr. Vierzig Minuten, sagte sie sich, sind schließlich keine Ewigkeit. Nachdem sie es geschafft hatte, ganze sieben Minuten nicht auf die Uhr zu schauen, war sie unsicher geworden, wie es sich mit der Definition von Ewigkeit verhielt.

Sie atmete, als gelte es ein Kind auszutragen.

Alles geht seinen Gang, dachte sie, als sie in Köln den Zug verließ und unsicheren Schritts eine Bank auf dem Bahnsteig erreichte. Reisende hasteten an ihr vorbei und langsam wich die Übelkeit. Sie widerstand der Versuchung den Brief hervorzuholen. Sie würde alles vermischen. Nichts würde einen Sinn ergeben. "Der Segen haftet an der Tat", zitierte ihr verwirrter, leicht mit Sauerstoff überversorgter Kopf und sie entschied, sich einfach daran zu halten.

Elisabeth

Stahl kühlte ihre Handfläche.

Die Klinge war mit Bedacht gewählt. Ruhe hatte von ihr Besitz ergriffen. Sie tat die Klinge in die Handtasche. Der Spiegel im Flur gab sie leidlich ähnlich wieder. Nichts konnte ihr passieren. Der Gedanke irritierte sie. Alles sah anders aus, als es war. Und trotzdem, fand sie, kam dieser Gedanke der Wahrheit am nächsten.

Es war Zeit zu gehen. Elisabeth lächelte ihrer getreulichen Abbildung im Spiegel zu und hoffte, daß dies alles noch die Wirklichkeit war.

Elfriede

Sie hatte Tee für ihn gemacht. Er war jetzt unter der Haube.
Wie jeden Freitag stand der frisch gebackene Kuchen, bereits
angeschnitten, auf dem Tisch. Sein Duft verbreitete sich zögernd in der Stube, deren Staubgeruch so einfach nicht zu ü-
berwinden war. Es riecht schon nach Tod, hatte Elfriede mal
gesagt und verlegen gelacht wie ein Schulmädchen. Der Junge
hatte sie zurechtgewiesen. Ganz blaß war er dabei geworden.
Aus seiner Unterlippe wurde ein schmaler Strich. Elfriede hatte
das Thema gleich gewechselt, eines gesucht, wo seine Unterlippe wieder so wurde, wie sie sie mochte.
Das Schachbrett war geputzt, die Figuren standen in Reih und
Glied. Papier und Bleistift lagen bereit. Er notierte stets alle
Züge, die während einer Partie gemacht wurden. Immer fragte
er am Schluß höflich, ob er den Zettel behalten könne und
immer nickte sie nur. Sie fand die Notizen überflüssig und sein
Gesicht, das bei der Prüfung der Notizen immer etwas Pedan-
tisches bekam, belustigte sie. Aber ihm war das wichtig. Und er
spielte auch besser in jeder neuen Runde, aber vielleicht lag das
auch nur daran, daß Elfriedes Konzentration immer rascher
nachließ.

Sie stand am Fenster. Die Wanduhr folgte träge der vergehenden Zeit. Die rot - weißen Bändchen, die den Platz noch immer absperrten, flatterten im Wind. Nichts geschah.
Elfriede wartete.

Sabrina

Auch der Weinbrand vermochte nichts mehr ausrichten. Mittag war vorbei. Ein Essen hatte es nicht gegeben. Er war nicht gekommen. Er wußte Bescheid. So hatte sie gezögert, in das verabredete Café zu wechseln. Die Frau würde ja wohl auch nicht erscheinen. Viel Kraft hatte es sie gekostet sich vom Tisch zu erheben, auf den Ausgang zuzusteuern und ins Freie zu treten. Der Wind hatte an ihren Haaren gezerrt und ihren Atem, der ihr ein wenig nach Fäulnis zu riechen schien, fortgetragen. Sie hatte tatsächlich gehen können. Klack, einen Schritt nach dem anderen. Sie hatte auf das Geräusch geachtet und so den Rhythmus gehalten. Klack, klack. Eintausendsechshundervierundsiebzig Schritte bis zum Café ihrer Niederlage.

Der Fenstertisch war frei gewesen. Sie hatte da einen guten Blick. Der Fernseher über dem Tresen sendete bunte, unverständliche Bilder in schneller Folge.

Sie hatte Rotwein bestellt, die Instabilität ihres Magens in Rechnung stellend, und eine Melange.

Sie würde betrunken sein, wenn die Frau käme. Wenn sie nicht käme, wäre das dann okay, weil eh alles zu Ende war. Und das hatte sie stets besser ertragen, wenn sie ihre Umwelt nur noch wie durch Milchglas wahrnahm. Und ihr Milchglaslächeln war sehr erotisch, meinten die Männer, die sie in solchen Phasen abzuschleppen pflegte. Aber diese Männer sagten es nicht so, wie sie es interpretierte. Sie sagten es anders und so wie sie es sagten, konnte man meinen, daß es sich bei dem anschließenden Procedere eher um eine sanktionierte Vergewaltigung handelte als um einen beiderseits gewollten Akt geschlechtlicher Vereinigung.

Sabrina trank ihre Melange. Der Wein lockte mit seiner tiefroten Farbe. Einen Moment noch würde sie warten müssen, bis sie den aufkommenden Haß auf die Männer, auf Wilfried den Feigling, auf ihr Leben insgesamt wieder eingefangen hätte. Sie dürfte noch nicht zu dem Glas greifen. Die Frau, dachte sie, kann schließlich nichts dafür. Mit der hatte sie ja reden wollen. Auf einmal war sie sich sicher, daß diese Elisabeth mit ihrer ruhigen Stimme und den klugen Augen pünktlich erscheinen würde. Und sie, sie würde dann schon ihr Milchglaslächeln haben. Sie versuchte sich zu erinnern, woher sie die Augen der Frau kannte. Dann hörte sie ihr eigenes hartes Lachen. Der sensible Wilfried hatte ihr, vor Wochen, kurz nachdem er stöhnend in ihr gekommen war, ein Foto seiner Frau vor die Nase gehalten. Und die Augen, ja, diese Augen hatte sie behalten.

Der Wein vor ihr schien mit jedem Augenblick dunkler zu werden. Ja, dachte sie, na dann, dachte sie, bevor er schwarz wird, und führte das Glas an die Lippen. Das Fernsehen, daß ein regionales war, zeigte wieder die Bilder von dem Platz, der ihr immer noch bekannt vorkam. Auch flatterten da die Absperrbänder, die rot und weiß geteilten, fröhlich im Wind.

Manfred

Er erfaßte sofort, daß das Piepen, das ihn geweckt hatte und nun die Angst in ihm hochtrieb, seinen Herzschlag wiedergab. Er versuchte seinen rechten Arm zu bewegen. Der war schwer und schwer verdrahtet. Er hatte ein taubes Gefühl im Mund. Seine Zunge war spelzig, belegt durch Fremdkörper, so schien ihm, seine Nase völlig verstopft. Er hatte den Vorsatz aufzustehen. Lächerlich. Er konnte kaum den Kopf heben. Er hatte keine Erinnerung. Allenfalls das vage Gefühl versagt zu haben. Als eine Schwester mit verschlossenem Gesicht den Raum betrat und sich an seinem Tropf zu schaffen machte, hatte er sie fragen wollen, was mit ihm geschehen war. Es entrang sich ihm lediglich ein kehliger Laut und die Schwester hatte zwei dicht übereinander stehende Striche im Gesicht, die ihre Lippen darstellen sollten. Dann schaute ein Mann in Uniform ins Zimmer. Manfred fing einen Blick kalten Interesses auf, der sofort endete, als nichts Besonderes zu sehen war. Er aber wurde von Bildern überfallen. Bildern der Erinnerung. Noch zog sein Körper für ihn die Konsequenz und schickte ihn zurück in diese unbestimmbare Mischung aus Ohnmacht und Schlaf. Mein Gott, rief sein Verstand ihm nach, mein Gott, was habe ich getan. Aber noch erreichte ihn das nicht wirklich.

Irene

Für einen Moment wollte sie aufspringen und den Versuch unternehmen wegzulaufen. Sie wollte raus hier. Dann aber erinnerte sie sich, daß der Mann, der sich Maurice nannte, die Tür abgesperrt und den Schlüssel eingesteckt hatte. Er hatte sie aufgefordert, das Geld in den zwei Kassen einzusammeln. Als sie ihm die Tüten gab, war er an sie herangetreten und hatte sie mit dem Rücken zu den Bankangestellten gedreht. Panik hatte sie angesprungen wie ein wildes Tier. Er hatte ihr in die Bluse gefaßt, zwischen die Brüste, und hatte das Geld hervorgezogen. Sie fühlte, wie sie rot, dunkelrot anlief. "Das ist doch dumm, Mädchen, damit ziehen sie dich doch hoch", hatte er gesagt und gegrinst. Sie wollte, daß der Boden sich unter ihr auftat und sie darin verschwinden würde. Sie spürte die Wut, die langsam die Oberhand gewann. Der Kerl war mindestens zehn Jahre jünger und nannte sie Mädchen. Er hatte ihre Adresse verlangt und sie hatte sie ihm auch gesagt und sich selbst danach gleich Vorwürfe gemacht. Was, fragte sie sich, wollte er mit ihrer Adresse. Und wie doof mußte man eigentlich sein, diese auch noch herauszurücken.

Sie durfte wieder in der Sesselgruppe Platz nehmen. Ein zweifelhaftes Vergnügen inzwischen. Denn da saß der nur notdürftig gesäuberte Filialleiter, der ihr feindselig entgegen blickte.

Maurice

Das Radio in Schuberts Büro hatte einen toten Polizisten gemeldet. Wie konnte das sein, verdammt. Manfred hatte geschworen, daß er keine scharfe Waffe mitnehmen würde. Wir wollen die Säcke um ihr Geld erleichtern, nicht um ihr Leben, hatte er ihm wieder und wieder eingeschärft. Und nun war ein Bulle tot und Manfred wegen Mordes dran. Das dachte er, hatte er nicht gewollt. Alles war so genau geplant gewesen. Grübelnd ging er im Büro hin und her. Die Tür stand offen. Die Angestellten saßen an ihren Plätzen. Unwirkliche Stille herrschte in der Bank.

Maurice sah zur Uhr, die an der dem Schreibtisch gegenüberliegenden Wand hing. Es wurde Zeit die Polizei ein wenig zu beschäftigen. Einen Moment überlegte er, wie es wäre, wenn er jetzt aufgeben würde. Er könnte nicht noch mal in den Knast, ausgeschlossen. Nie hätte er sich vorstellen können, daß er für den Tod eines Menschen verantwortlich sein würde. Er versuchte den Kloß, der ihm den Hals verriegelte, herunterzuschlucken. Schließlich gelang ihm auch das. Er griff zum Telefon, orderte Pizza und Mineralwasser für die Angestellten, und ließ, ganz beiläufig, seine Forderungen verlauten. Eine Million Lösegeld und ein Fluchtwagen und das alles bis fünfzehn Uhr. Am anderen Ende der Leitung war es still geblieben. Dem griesgrämigen Bullen hatte es wohl, ob seiner Unverschämtheit, die Sprache verschlagen. Maurice blieb optimistisch, daß er sie alsbald wiederfinden und mit den üblichen Komplizierungen und Ausflüchten beginnen würde. Auf diese aber war er eingestellt. Wir machen ja alle nur unseren Job.

V Zwischenzeiten

Paul

Sie hatten die Pläne des Gebäudes in dem Polizeifahrzeug auf einem Klapptisch ausgebreitet. Nein, es gab keine Möglichkeit an die Bank ranzukommen. Die Nachbarhäuser waren von Einsatzkräften besetzt. Nur der Hausflur, neben dem Eingang zur Bank war noch frei zugänglich. Aber auch der Bankräuber hatte keine Möglichkeit dahin zu gelangen. Paul fuhr einem Strich durch das Gebäude nach und erkundigte sich nach dessen Bedeutung. Ein ehemaliger Lüftungsschacht, lautete die prompte Antwort. Er war geschlossen worden, als da die Bank eingerichtet worden war, und führte nun nach nirgendwo. Schade, dachte Paul. Es blieb nichts, als zu verzögern, Nervenkrieg zu spielen und seinen Forderungen vorerst nachzugeben. Wenn die Angestellten frei wären, sähe die Sache schon anders aus. Man hatte ihm zugesichert einen neuen Einsatzleiter zu schicken, der aber ließ auf sich warten. So telefonierte er mit der Zentrale und dem Mann in der Bank, der immer noch sehr ruhig und bestimmt war. Er ist ein harter Hund, aber er war es nicht, der geschossen hatte, dachte Paul und spuckte aus. Das Handy klingelte. Der Mann am anderen Ende beschwerte sich über die Qualität der Pizza. Im Namen der Angestellten, wie er betonte. Weiterhin wollte er den Stand der Vorbereitungen wissen. Paul erzählte etwas von Schwierigkeiten mit dem Geld. Der Mann am anderen Ende lachte herzlich. Das war die reine Wahrheit. Es handelte sich weder um ein künstliches, nervöses oder zynisches Lachen. Ein herzliches Gelächter klang aus dem Telefon.

"Hören Sie guter Mann", drang es vom anderen Ende an sein Ohr, "um Punkt halb vier steht der Wagen vor der Tür. Und Schlag drei werden Sie, höchstselbst mit freiem Oberkörper erscheinen, und den Koffer mit dem Geld in Reichweite des Eingangs abstellen. Ich habe keine Lust die üblichen Drohungen, wie wir sie sattsam aus dem Fernsehen kennen, auszustoßen. Aber was genau um fünfzehn Uhr und eine Minute geschieht, werden Sie zu verantworten haben. Nichts für ungut."

Dann knackte es und die Verbindung war unterbrochen.

"Scheiße", sagte Paul, wo hatte dieser Satzdrechsler nur seine Nerven her. Er verließ das Fahrzeug und spähte zur Bank, so als hätte er tatsächlich Hoffnung den Mann sehen zu können.

Er atmete schwer und mußte plötzlich an Martin denken, der so oft im Büro gesessen hatte und mit den Beinen baumelnd auf seinen Vater wartete. Und auch an die Frau, deren Stimme immer schrill wurde, wenn sie nach Walter verlangte. Es würde an ihm kleben bleiben, sie zu informieren. Scheiße, dachte er. Was für einen Scheißjob habe ich, dachte er. Er zündete seine letzte Zigarette an. Das hier aber war noch lange nicht vorbei. Er würde sich eine neue Packung besorgen müssen.

Maurice

Er hatte keine Zeit zu verlieren.

Nun war es von echtem Nachteil, daß ihm der Partner abhanden gekommen war. Er würde die Frau namens Irene das Geld holen lassen müssen.

Er bat die Herrschaften einzeln in den Kassenraum, was dazu führte, daß sich die Angst der Angestellten steigerte und er sich gezwungen sah, seine Pistole zu ziehen und sie zu Demonstrationszwecken vor den Nasen der Mitarbeiter des Geldinstituts zu schwenken. Dies dämmte deren Aufbegehren augenblicklich ein. Herr Schubert wurde angestellt, die Mitarbeiter mit den reichlich vorhandenen Handschellen an Stühle, Heizkörper und ähnlich Feststehendes zu fesseln.

Nachdem alle Angestellten zu seiner Befriedigung verstaut waren, ordnete er einen Brülltest an. Er hatte die Tür geschlossen, hörte aber nur gedämpfte Geräusche. Das Ergebnis befriedigte ihn dennoch nicht. Er bat die Frau, die das Schauspiel aus der Sesselgruppe verfolgt hatte, ihm zur Hand zu gehen. Sie weigerte sich. Maurice war sehr enttäuscht. Er ging auf sie zu. Wenn sie Angst hat, weiß sie es zu verbergen, dachte er anerkennend. "Was soll das denn jetzt ?", herrschte er sie an. Sie lächelte, aber ihre Unterlippe zitterte dabei. "Wen wollen Sie mit ihrem Spielzeug beeindrucken?" Die Frage war wirklich eine. Einen Augenblick würgte er an seiner Überraschung. "Das Spielzeug macht große und häßliche Brandflecken", antwortete er, und seine Stimme hatte nicht die gewünschte Festigkeit. Die Frau nickte, als hätte sie sich das schon gedacht. Sie erhob sich und folgte ihm in den Kassenraum. Dort hatte sie mit dem Klebeband, das er ihr zugeworfen hatte, den Leuten den Mund zuzukleben. Nur Herr Schubert leistete, durch heftiges Schütteln des Kopfes, Widerstand. Maurice sah sich genötigt einzugreifen. Er trat hinzu und bat ihn höflich das zu unterlassen. Da dies nicht fruchtete, gab er Herrn Schubert ein paar kräftige Ohrfeigen. Das Jaulen verklebte die Frau mit dem Band. Sie lächelte, befriedigt ihr Werk betrachtend. Und Maurice winkte sie aus dem Kassenraum, dessen Tür er sorgfältig verschloß.

Wilfried

Er kämpfte gegen die Übelkeit. Die Luft war knapp, und wenn er kotzte, würde er unter dem Band einfach ersticken. Die anderen Mitarbeiter hatten sich mit ihrem Schicksal abgefunden, sie saßen apathisch da, wo sie angekettet worden waren. Läufer schwitzte.

Und ihm stieg der Mageninhalt wieder bedrohlich. Er stöhnte, warf den Kopf hin und her. Er spürte die Blicke seiner Mitarbeiter und meinte, Verachtung in ihnen zu lesen. Aber die Panik war nicht zu bezwingen. Er zog Luft durch die Nase, soviel er konnte. Er erinnerte sich an das hämische Gesicht der Frau, deren Kredit zu kündigen war. Ohne Gnade würde er das Geld eintreiben, das letzte Hemd würde er ihr pfänden lassen, und es war wohl dieser Gedanke, der ihm etwas Luft verschaffte. Doch dann würgte es ihn wieder und auch die Panik kehrte zurück. Er stöhnte, er meinte der Raum begänne sich zu drehen. So darf ich nicht verrecken, schrie es in ihm. Er pißte sich erneut in die Hose. Der Strahl war kräftig und erleichterte ihn. Der Geruch seines eigenen Urins stieg ihm in die Nase. Er verursachte ihm keinerlei Ekel. Er bekam wieder Luft und mühte sich ruhiger zu atmen. Seine Mitarbeiter hatten sich, soweit es ihnen irgend möglich war, von ihm abgewandt. Die Schneller, da sie besonders ungünstig angekettet war, machte eine geradezu groteske Verrenkung. Er würde sich das merken. Alles dachte er, würde er sich zu merken haben. Und er würde ein sehr gutes Gedächtnis haben.

Doro

Sie war zu erschöpft um die Aussicht zu genießen. Aber sie zog die Schiebetür auf. Auf dem Bett ging sie noch mal alle Sachen durch, die sie zu erledigen hatte. Sie hatte sich eine Liste gemacht, die sie sich einprägte, Punkt für Punkt. Dann zündete sie den Zettel an und warf ihn in den Aschenbecher.

Sie hatte zuletzt noch mit ihrer Bank telefoniert. Die Barüberweisung würde morgen in Amsterdam verfügbar sein. Morgen, am Vormittag, würde sie zunächst in die Stadt fahren. Die Angestellte ihrer Hausbank, eine ehemalige Kollegin, hatte ihr zu dem Schnäppchen, das sie vorgab erworben zu haben, gratuliert.

Sie versuchte tief zu atmen und ihre Beklemmung abzuschütteln. Die würzige Seeluft füllte allmählich das Zimmer. Die Sonne bahnte sich den Weg durch die dünne Wolkendecke.

Doro trat dann doch auf den Balkon und sah auf den Strand, die Promenade, auf die See, die sich in milden, gedämpften Wellen in Richtung Strand bewegte.

Es wurde ihr leichter. Leichter, weil sie spürte, daß es gut war Deutschland hinter sich zu wissen, weil sie jetzt bald Urlaub hatte und sie sich plötzlich sicher war, daß sie nicht mehr zurückkehren würde.

Am frühen Nachmittag ging sie an den Strand.

Sie hatte sich umgezogen und nach einem kurzen Spaziergang war sie in eines dieser offenen Strandrestaurants eingekehrt.

Dort aß sie Salat mit Putenstreifen, trank Rotwein dazu und mit jedem Glas des dunkelroten, in der Sonne funkelnden Getränks, wurde ihr wohler. Erst jetzt sah sie ihre Umgebung wirklich. Sie nahm die Geräusche der See in sich auf und entspannte sich.

Doro setzte ihre Sonnenbrille auf und dachte endlich einmal an nichts.

Manfred

Das Zimmer hatte an Kontur gewonnen.

Alles konnte er erkennen. Und er erinnerte sich. Nur war es ihm unangenehm, daß er die Zeit, die vergangen war, nicht bestimmen konnte. Wann, dachte er, war gestern gewesen. Es hörte sich doch albern an, wenn er sagen müßte, vorgestern hätte er gelebt, vorgestern sei noch alles möglich gewesen. Das Bein schmerzte, aber er beachtete das nicht.

Er hatte das Gefühl, alles hinter sich zu haben.

Welcher Tag auch immer war, die Zeit nach den Hoffnungen hatte begonnen. Er verfluchte sich, er verfluchte den Tag, an dem Maurice in seine Zelle gesteckt wurde, als Mitbewohner für die letzten zwei Jahre, die er noch abzusitzen hatte. Aber eigentlich war es kein richtiger Fluch. Dem Gedanken fehlte jegliche Leidenschaft.

Es war eher eine Feststellung.

Maurice war nicht wie die Anderen gewesen. Er wollte kein Geld für seine Ruhe. Er gab auch keines. Er vergab Dienstleistungen, wie er es nannte. Schreiben aller Art. Liebesbriefe, Behördenkontakte, Anwaltspost, Interessenvertretungen.

Maurice benötigte keinen Stoff, keinen Alk. Zigaretten, Dunhill blau, wurden ihm jeden Monat in den Knast geschickt. Sechs Stangen für vier Wochen. Da blieb genügend für die eine oder andere Gefälligkeit übrig. Aber Maurice nervte ihn, er benötigte Ruhe. Er grübelte, machte sich Notizen, wälzte Bücher, die Manfred gut als Einschlafhilfe hätten dienen können. Nationalökonomie, Dichter, deren Namen er noch nie gehört hatte. Dostojewski hatte er mal versucht, aber dessen Sätze waren zu lang und so hatte er, wenn er endlich mit einem zu Ende gekommen war, den Anfang schon wieder vergessen. Eigentlich empfand er den Zellengenossen eher als störend.

Aber Maurice hatte das "Duschenspiel" für ihn beendet. Dabei hatte er, Manfred, ihn gewarnt. Er hatte es ins Komische ziehen wollen. Mein Loch, hatte er gesagt, ist schon so ausgelatscht, da kommt es auf zwei oder drei Schwänze auch nicht mehr an. Maurice hatte ihn da lange angesehen. Sein Mund hatte gezuckt, aber seine Augen waren ganz kalt gewesen, hatten einen so harten Glanz bekommen. Diese Augen hatte ihm Angst gemacht. Jeder Mensch hat Würde, hatte Maurice gesagt und sich mit den Typen angelegt. Manfred hatte gestaunt, wie der recht schmale, eher schmächtige Kerl zu kämpfen verstand. Er war schnell, und er hatte keine Skrupel, keine Hemmungen. Wenn er schlug, wollte er den größtmöglichen Schaden anrichten und das gelang ihm ganz gut. Ein gebrochenes Nasenbein, eine gequetschte Niere waren die Bilanz. Später haben sie ihn dann doch erwischt, er hat mächtig einstecken müssen und es klaglos ertragen. Er hatte das dann, als man faktisch quitt war, geregelt, wie, das hat Manfred nie erfahren. Aber sie wurden in Ruhe gelassen seitdem. Manfred hatte lange gebraucht um zu begreifen, daß mit dem, was Maurice getan hatte, keine Erwartung auf Gegenleistung verbunden war. Er hatte es nicht fassen können. Niemals hatte bisher jemand etwas für ihn getan, ohne eine Gegenleistung zu erwarten. Trotzdem war auch die Angst vor Maurice, vor dem kalten Blick seiner Augen geblieben. Maurice zwang ihn zu lernen. Und er hatte viel gelernt, das mußte er zugeben. Es hat alles nichts genützt, dachte er, das ist mal klar. Aber er meinte dann, beinahe die Stimme von Maurice zu hören : du hast eben nicht konsequent genug gelernt. Was unterscheidet uns von den gewöhnlichen Kriminellen, hatte ihn Maurice in Lektion eins gefragt und gleich selber geantwortet : "Wir sind, soweit irgend möglich, Subjekt der Situation". Damit konnte Manfred nichts anfangen, und im Fernsehen kam Fußball. Aber der zweite Satz lautete : "Wir durchschauen das System. Das System ist nicht gerecht und das System macht krank." Das allerdings, fand Manfred, traf nach seinen Erfahrungen durchaus zu. Maurice zitierte Brecht oder wie der hieß, der da gesagt haben sollte, daß ein Banküberfall nichts wäre im Vergleich mit der Gründung einer Bank. Also, hatte Manfred damals gedacht, ist der Gründer einer Bank der perfektere Verbrecher. Irgendwas an diesem Gedanken hatte ihm sehr gefallen. Vielleicht war das der Moment gewesen, wo Maurice endgültig gewonnen hatte. Der hatte dann darauf bestanden, daß Manfred Schach spielen lernte. Das schule das strategische Denken, behauptete der Zellengenosse, und nötigte ihn täglich ans Brett. Einmal, zwei Tage vor seiner Entlassung, hatte er Maurice tatsächlich einmal geschlagen. Da war der ganz blaß geworden, hatte seine Notizen mit dem Figurenstand verglichen und sah ernstlich bekümmert aus. Das hatte Manfred nun auch wieder nicht gewollt. Maurice hatte dann gelacht und gesagt, daß die eigentliche Arbeit erst jetzt begänne, und hatte ihm einige Aufgaben mit auf den Weg in die Freiheit gegeben, die, wie Manfred gelernt hatte, keine wirkliche Freiheit war. Später, als sie sich draußen wiedersahen, hatten sie zu arbeiten begonnen. So jedenfalls nannte Maurice das, was sie taten. Vieles hatte er nicht verstanden. Wozu nutzte es, Baupläne des Gebäudes zu beschaffen, in das man hineinging und ganz schnell wieder heraus. Allein die Beschaffung der Pläne dauerte Wochen. Was machte es für einen Sinn, Gleitschirmflug zu üben und dafür horrende Summen auszugeben. Manches fand er ganz sinnvoll, auch wenn es meist an ihm war, sich die Beine in den Bauch zu stehen, wie beim Observieren des Bankdirektors oder bei der Ausspähung der ankommenden Transporte.

So manchen Abend war Manfred durchgefroren zu Maurice gekommen, der wohlig in der Kneipe saß und seine Ermittlungen, wie er es nannte, sorgfältig zu notieren pflegte. Maurice hatte immer gesagt, daß es zwar schön sei, wenn ein Plan funktioniere, seine Erfahrung wäre allerdings, daß dies in den seltensten Fällen zuträfe. So müsse man immer eine, besser mehrere Varianten entwickeln, um dennoch zum Ziel zu kommen. Maurice hatte recht behalten. Manfred dachte an den Mann, der vielleicht noch immer in der Bank war und dem klar sein mußte, daß es auch für ihn kein Entrinnen gab. Oder hatte er noch einen Plan ? Alles fragen hatte nichts genützt. Maurice hatte immer nur gelächelt und sein "alles zu seiner Zeit" gemurmelt. Die Zeit war für ihn also nicht mehr gekommen. Aber Maurice hatte recht behalten. Manfred war ohne Groll. Schließlich hatte er es selbst vermasselt, schließlich war er es gewesen, der schlauer sein wollte als Maurice, er hatte nicht auf ihn gehört und das machte den Unterschied. Dieser Unterschied machte jetzt zehn Jahre aus. Versuchter Mord an einem Polizisten, das würden sie ihm anhängen, in jedem Falle. Zehn Jahre mehr. Er würde sitzen, bis ihm die Haare ausfielen. Er wußte, daß er das nicht schaffen würde. Vorsichtig versuchte er sich aufzusetzen.

Es ist vorbei, dachte er, und wunderte sich über die Abwesenheit jeglicher Empfindung. Als er sich aus dem Bett erheben wollte, betraten zwei Herren in dunklen Anzügen das Krankenzimmer und Manfred ließ sich ins Kissen zurücksinken.

Elisabeth

Sie hatte sich vorgenommen, das Café schwungvoll zu betreten und sehr forsch auf die Frau zuzugehen. Der erste Teil des Vorhabens gelang noch recht gut. Dann aber mußte sie sich orientieren und sah die Frau am Fenster vor ihrem Weinglas erst Momente, nachdem diese sie schon ins Auge gefaßt und ganz offensichtlich erkannt hatte.

Der Weg an ihren Tisch war quälend geworden. Die Zeit reichte aus, um alle gute Vorsätze zu zerbröseln auf diesen fünf oder sechs Metern, die sie noch zurücklegen mußte. Erschöpft ließ sie sich auf den Stuhl Sabrina Weiß gegenüber fallen.

"Hallo", sagte Sabrina Weiß und nahm einen Schluck von ihrem Wein. Elisabeth nickte. Sabrina Weiß lächelte. Sie war nicht so jung, wie Elisabeth vermutet hatte. Wilfrieds Geschmack war eigentlich ein anderer. Gut, sie war jünger, aber sie hatte ein eher markantes als gefälliges Gesicht. Elisabeth war irritiert. Und Sabrina Weiß schwieg. Der Kellner kam und Elisabeth bestellte einen Weißwein. Sabrina Weiß lächelte sie an. Ihre Augen waren glasig. Sie zündete sich eine Zigarette an. Die will sich über mich lustig machen, dachte Elisabeth und fühlte zunehmende Erbitterung. "Also ?", sagte sie. "Was also?", fragte die andere und blickte sie interessiert an. Der Kellner brachte den Weißwein und Elisabeth fragte : "Also, macht es Spaß meinen Mann zu vögeln?"

Dem Kellner entglitt beinahe das Glas. Nur mit Mühe brachte er es schwappend auf dem Tisch zu stehen. Er wischte auf dem Tisch herum und wartete, wie Elisabeth, auf eine Antwort. Beide Frauen starrten jetzt den Mann an, so lange bis ihm nichts übrig blieb, als sich zurückzuziehen. Dann lachte Frau Weiß, ihr Lachen hatte etwas Meckerndes. Elisabeth langte über den Tisch und schlug Sabrina Weiß ins Gesicht. Das Lachen erstarb. Mit Befriedigung registrierte Elisabeth, wie sich auf dem Gesicht der Frau die Abdrücke ihrer Finger abzeichneten. Sabrina Weiß war blaß geworden. Sie blickte auf ihr Weinglas. "Ich habe keine Ahnung, was mich geritten hat sie anzurufen.", sagte sie zu ihrem Glas. Elisabeth nickte, als hätte sie nichts anderes erwartet. Sie blickte auf den Fernseher über dem Tresen. Es war noch immer das regionale Fernsehen und es wiederholte die Bilder des Vormittages. Elisabeth zuckte. Sie erkannte den Platz wieder, sie erkannte die Bankfiliale. Nichts aber kam in ihrem Kopf so richtig an. Sie stand auf und ging zum Tresen. Der Kellner drehte bereitwillig den Ton auf und jetzt gesellte sich auch Sabrina Weiß dazu. Elisabeths Mund stand offen, sie schien nicht fassen zu können, was sie da sah.

Sie zahlte und blickte die andere Frau fragend an. "Wollen Sie hier Wurzeln schlagen ?" Sabrina Weiß folgte ihr zögernd. Was für ein Tag, dachte Elisabeth. Und sie erinnerte sich an den Blick in den Spiegel und an das Gefühl, daß sie nichts mehr, was sie erlebte, wirklich erlebte.

Was für ein Tag.

Irene

Der Polizist hatte nur eine Unterhose an. Sein Bauch wölbte sich über dieser bedenklich. Er stellte den Koffer in der Nähe des Eingangs ab. Einen Moment hatte er gezögert, vielleicht versuchte er in der Bank etwas zu erkennen. Schließlich aber war er zu den Polizeifahrzeugen zurückgetrottet. Und Irene hatte den Koffer geholt.

Es war draußen ganz still gewesen. Sie wußte, daß alle sie anstarrten. Sie wußte, daß alles fotografiert und gefilmt wurde. Sie versuchte würdevoll auszusehen. Das hatte sie schließlich immer versucht. Sie dachte, als sie wieder in der Bank war und die Tür abschloß, daß die Kinder jetzt aus der Schule kommen würden. Sie warf dem Mann, der sich Maurice nannte, die Schlüssel zu. Er bat sie, noch mit einer Metallstange, die er ihr reichte, die Tür zu verkanten. Er selbst lag hinter der Sesselgruppe in Deckung. Er wolle den Kollegen keine Möglichkeit zum Schuß geben, hatte er gesagt, Blut gäbe auf dem Velourteppich sehr häßliche Flecke.

Jetzt saß sie auf einem Stuhl angekettet. Er hatte sie nicht in den Kassenraum geschoben. Der war voll und roch nicht gut. Dafür hatte er ihr die Augen verbunden. Er entschuldigte sich und bedankte sich für ihre Mithilfe. Er verwies darauf, daß er dankbar wäre, wenn sie nicht schreien würde, sonst müßte er ihr doch noch weh tun oder ihr den Mund verkleben. Sie versprach es. Sie konzentrierte sich dann auf die Geräusche, die sie in der Bank hörte, und versuchte, dadurch zu erschließen, was vorging. Es gelang ihr anfangs. Er hatte den Koffer geöffnet. Das Geld durchgewühlt, die Banderolen abgerissen. Dann hatte er das Geld in eine Reisetasche gefüllt. Der Reißverschluß wurde schwungvoll zugezogen. Er mußte den Koffer irgendwo in eine Ecke gestellt haben. Dann telefonierte er kurz, stellte neue Forderungen. Er sagte, er wolle keinen Fluchtwagen, sondern einen Bus. Sie hätten eine halbe Stunde mehr, dann müßte der Bus vor der Tür stehen. Dann war es sehr still. So still, daß sie es wieder mit der Angst bekam. Später hörte sie einzelne metallene Geräusche. Sie schienen aus dem Kassenraum zu kommen. Sie konnte sich aber auch täuschen. Unheimlich schnell verlor sie jegliches Zeitgefühl. Nur das Neonlicht verursachte ein gleichbleibendes brummendes Geräusch. Sie traute sich nicht etwas zu sagen oder zu rufen. Was, wenn er hinter ihr saß. Er würde ihr den Mund verkleben oder ihr wirklich noch weh tun. Sie stellte ihn sich vor. Er gefiel ihr. Vor allem seine Ruhe und Übersicht, seine gelassene Höflichkeit waren faszinierend gewesen. Der Mann mußte doch unter Streß stehen. Sein Plan ging gerade schief und er war die Ruhe selbst. Angestrengt horchte sie.

Langsam kehrte ihre Situation und damit der ursprüngliche Grund ihres Hierseins in ihr Bewußtsein zurück. Sie dachte an den bepissten Bankdirektor im Kassenraum und wußte, daß sie von dem nichts Gutes würde erwarten können. Sie hätte Glück, wenn er nicht versuchte, ihr eine Komplizenschaft mit dem Mann, der sich Maurice nannte, anzuhängen. Aber, dachte sie, noch ist es nicht vorbei. Sie räusperte sich. Sie gab einen kehligen Laut von sich, der verhallte. Da hatte sie das sichere Gefühl, allein zu sein in diesem großen Raum.

Elfriede

Plötzlich war er in der Stube gestanden.

Alte Frauen zu erschrecken, das war sonst nicht seine Art. Sie hatte gedacht, sie treffe der Schlag. Der junge Mann war sehr vornehm angezogen. Aber er hatte sich schmutzig gemacht. Sie hatten Tee getrunken. Schach wollte er heute nicht spielen. Er sagte, er hätte Probleme. Und war zum Fenster gegangen und hatte nach draußen geblickt, aber vorher hatte er die Gardine zugezogen. Dann hatte er sich ihr gegenüber gesetzt und ihr seelenruhig erzählt, was geschehen war. Sie hatte ihm nicht geglaubt, anfangs. Erst, als sie ihm ins Schlafzimmer gefolgt war und die aufgerissenen Dielenbretter gesehen hatte und das Licht, daß sich in einem schmalen Schacht verlor, hatte sie es glauben müssen. Sie war sehr gekränkt. Aber das half jetzt nichts. Der Junge versicherte, daß er sehr gern mit ihr Schach gespielt hätte. Sie wußte schon längst, daß sie wieder allein sein würde. Den Bodenschlüssel hatte sie ohne weiteres rausgegeben. Der Junge hatte sich umgezogen. Einen blauen einteiligen Anzug hatte er sich angezogen, so wie ihn manche Möbelpacker trugen. Er hatte telefoniert und seinen Telefonpartner sehr streng behandelt, auf der Pünktlichkeit einer Lieferung beharrt, oder so was ähnliches. Sie war viel zu nervös darauf zu achten. Dann hatten sie weiter Tee getrunken und Kuchen gegessen, in aller Ruhe. Er hatte ihr zwei Umschläge gegeben. Die sollte sie besorgen, aber nicht in den nächsten

Tagen. Und er hatte gesagt, daß er sie würde fesseln müssen. Sonst würde man sie für eine Komplizin halten. Das, dachte sie, bin ich ja wohl auch. Sie hatte an Eberhard denken müssen und daß er ihr nachts in den langen einsamen Nächten ganz schön den Kopf waschen würde. Und sie wollte ihm Vorwürfe machen, aber sie sah die Sorgen im Gesicht des Jungen und behielt ihre Vorwürfe für sich. Sie wunderte sich über sich selbst. Nichts von all der Fürsorge hatte ihr gegolten. Und er saß ganz ruhig da und erzählte, wie er das alles geplant hatte. Und irgendwann ertappte sie sich dabei, daß sie all das sehr logisch fand.

Er versprach sich zu melden und sie glaubte ihm kein Wort. Die Wanduhr schlug an, wie ein Warnsignal, und sie forderte ihn auf sie zu fesseln, was er mit besonderer Rücksicht tat. Dann schulterte er seine Reisetasche. Er sagte, sie könne der Polizei alles erzählen, bis auf die zwei Umschläge. Und sie fragte ihn, ob er sie für blöde halte. Sie sei alt, aber nicht blöd. Es würde höchstens eine Stunde dauern, bis sie kämen, ihn zu suchen, sagte er und lächelte sein Lausbubenlächeln, das sie so liebte. Und Elfriede hatte gesagt, er solle sich zum Teufel scheren.

Und das hatte er dann auch getan.
Die Wohnungstür fiel leise ins Schloß. Und es war jetzt sehr still in der Wohnung. Und so würde es jetzt immer sein, wenn die Herren dann fort wären, die den Jungen suchen würden.

Elfriede fühlte sich wie betäubt. Saskia hatte sich auf den Sessel ihr gegenüber gesetzt. Sie schaute mißtrauisch auf Elfriede. Die alte Frau begann tonlos zu weinen.

VI Entscheidungen

Hanna

Sie meinte ein rotes Licht zu sehen.

Sie versuchte, probeweise Gedanken zu formulieren.

Es mißlang. Sie konnte nicht denken.

Sie konnte nicht schlucken. Irgendwas steckte in ihrem Hals.

Irgendwas hielt ihre Hand fest.

Das rote Licht verschärfte sich, es war über einer Tür.

Keine Schmerzen, kein Gefühl, nirgends.

Dann war es wieder dunkel.

Später sah sie wieder dieses rote Licht.

Sie sah ein Gesicht über sich. Sie konnte denken: aha, ein Gesicht. Die Augen dieses Gesichtes waren voller Tränen. Der Mund wurde, als die Augen erkannten, daß auch ihre Augen etwas sahen, breit gezogen. Das Gesicht sagte etwas. Sie verstand nichts. Eine Hand streichelte über ihren Kopf, vorsichtig, zart beinahe. Sie spürte, daß sie etwas spürte. Etwas wie Vertrautheit, wie eine Ahnung, wem diese Hand gehörte, streifte sie. Dann war sie wieder sehr müde.

Paul

Die Kollegen hatten auch noch schnell einen Bus aufgetrieben und präpariert. Der stand jetzt seit zwanzig Minuten und versperrte die Sicht auf die Bank. Paul hatte, als man fünf Minuten über die Zeit war, angerufen. Der Mann hatte gesagt, er müsse noch einiges vorbereiten, er würde in fünfzehn Minuten noch einmal anrufen und genauere Anweisungen geben, wie der Ablauf zu erfolgen habe. Und er würde bei Abfahrt die Frauen freilassen. Da war Paul dann mißtrauisch geworden. Der Ton des Mannes klang anders. Paul grübelte, was da genau anders war, aber er fand keine schlüssige Antwort. Doch irgendwas, da war er sich sicher, stimmte hier nicht. Nach weiteren zwanzig Minuten hatte er ein weiteres Mal angerufen. Niemand hatte sich da gemeldet. Er hatte den Chef angerufen und sich die Freigabe zum Angriff geben lassen. Noch aber zögerte er. Das Risiko für die Geiseln konnte erheblich sein und er hatte die SEKler im Verdacht, ziemlich hitzköpfig zu sein. Er rauchte und wartete. Er versuchte noch einen Anruf. Es klingelte und klingelte. Er gab Anweisung bis zum Bus vorzurücken. Die SEKler gingen in Stellung. Paul versuchte in der Bank etwas zu erkennen. Dann trat er seinen Zigarette aus und gab das Signal.

Irene

Die Blendgranate konnte nicht blenden. Unter ihrer Augenbinde nahm Irene nur einen Blitz wahr. Sie werden mich erschießen, hatte sie schon gedacht, als sie hörte, daß die Eingangstür aufgebrochen wurde. Nach dem Blitz und dem Knall, der dem Blitz unmittelbar folgte, brachte sie ihren Stuhl zum umkippen und versuchte Deckung zu finden. Martialisches Gebrüll war zu hören. Sie war rückwärts gefallen und hatte sich den Kopf aufgeschlagen. Dann merkte sie, daß ihr Stuhl aufgerichtet wurde. "Sind Sie verletzt? ", schrie ihr jemand ins Ohr. Sie zuckte zurück und schüttelte den Kopf. Die Augenbinde wurde ihr abgenommen. Sie sah zwei vermummte Köpfe. Das Lösen ihrer Handschellen erwies sich offensichtlich als schwieriger. Ein Beamter machte sich längere Zeit in ihrem Rücken zu schaffen. Als er die Dinger endlich aufhatte, kamen die ersten Mitarbeiter aus dem Kassenraum. Sie sahen ziemlich derangiert aus. Der Chef mit seiner durchnäßten Hose war auch dabei. Er starrte sie an, machte eine Bewegung auf sie zu. Doch dann ging er an ihr vorbei. "Dich mach ich fertig", hörte sie und war sich nicht sicher, ob sie es sich nur eingebildet hatte. Na, toll, dachte sie, und verfluchte sich wegen ihres Gelächters, wegen ihrer Kooperation mit dem Mann, der sich Maurice nannte, und der entkommen sein mußte. Sicher war er entkommen, sonst würden die Vermummten nicht wie ein aufgescheuchter Hühnerhaufen durch die Gegend rennen. Irene wurde eine Decke über die Schultern gelegt, dann sollte sie zu einem Polizeiwagen gehen, zur Aufnahme der Personalien, wie es hieß. Als sie unsicheren Schritts auf den Polizeiwagen zuging, mußte sie an das Geld denken, das sie versucht hatte einzustecken. Als eine Polizistin sie abtastete, protestierte sie. Reine Routine, hieß es beruhigend. Und sie war froh, daß er auf sie geachtet hatte. Er hatte recht behalten. Irene atmete auf. Sie vermied es an die Zukunft zu denken. Nach Hause mußte sie, die Kinder würden sich Sorgen machen, und Frank wollte am Abend zum Training. Wenn er auf Anja aufpassen müßte, würde er durchdrehen. Warum drehe ich eigentlich nicht durch, dann würden sich andere um alles kümmern müssen, dachte Irene, und so hörte sie zunächst die Fragen nicht, die ihr von der Beamtin gestellt wurden.

Sabrina

Niemand beachtete sie, als sie an die Absperrung traten. Erkundigungen blieben vergebens. Sabrina fragte nach dem Einsatzleiter. Ein vermummter Beamter machte eine unbestimmte Handbewegung. Dann kamen andere Beamte und drängten sie zurück. "Behindern Sie den Einsatz nicht", sagte ein Bärtiger und machte ein wichtiges Gesicht. "Mein Mann ist da drin," schrie Elisabeth und wurde ignoriert. Dann sahen sie, wie eine Schar vermummter Gestalten sich der Bank näherten. Die Tür der Bank wurde aufgebrochen. Ein Blitz war zu sehen. Es knallte. Und Sabrina spürte, wie plötzlich ihre Hand gegriffen wurde. Sie blickte zu der Frau neben sich, die grau war im Gesicht und zur Bank starrte. Sie ließ Sabrinas Hand nicht mehr los. Sie starrten auf das Geschehen, ohne etwas sehen oder begreifen zu können. Rufe wurden laut. Alles dauerte eine Ewigkeit. Eine Frau wurde aus der Bank geführt. Sie hatte eine Decke über den Schultern. Dann kamen nach und nach die anderen Geiseln. Elisabeth lief als erste los, Sabrina folgte ihr rasch. Aber sie wurde von einem Beamten am Arm festgehalten. Sabrina brüllte :"Unser Mann ist da in der Bank." und befreite ihren Arm. Der Beamte glotzte sie blöde an und Sabrina hastete Elisabeth hinterher. Da kam Wilfried aus der Bank. Er war verschwitzt, sein Haar war zerwühlt und seine Hose wies einen sehr großen Fleck an eindeutiger Stelle auf. Sabrina musterte ihren Liebhaber und kämpfte gegen einen immer stärker werdenden Lachreiz. Dann hörte sie schallendes Gelächter neben sich. Einen Moment blickte sie Elisabeth ungläubig an. Dann war es auch um ihre Beherrschung geschehen. Sie lachten so, daß sie sich aneinander festhalten mußten. Wilfried starrte auf die beiden Frauen, wie auf eine Erscheinung.

Er nahm eine Decke, die ihm gereicht wurde und ging an den Frauen vorbei zu dem Polizeiwagen, der ihm gewiesen worden war. Sabrina und Elisabeth waren unfähig sich zu beruhigen. Ihr Lachen hallte über den Platz.

Wilfried

Auf der Straße bemühte er sich um ein würdevolles Auftreten, in dem Rahmen jedenfalls, den seine äußere Erscheinung zuließ. Als er die beiden Frauen vor dem Eingang stehen sah, wurde sein Kopf ganz leer. Sein Mageninhalt machte einen weiteren Versuch ins Freie zu gelangen. Er atmete stoßweise. Als Elisabeth zu lachen begann, glaubte er zunächst an eine Sinnestäuschung. Es wäre verständlich bei dem, was er hatte durchmachen müssen. Aber als auch Sabrina losbellte, die Frauen sich in ihrem hysterischen Lachanfall aneinander festhielten, meinte er, daß er sie auf der Stelle würde erschlagen müssen. Er dachte nicht eigentlich mehr. Er sah seine Zukunft zusammenrutschen. Er sah sich, wie er mit beiden Frauen geschlafen hatte. Er sah die beiden Wohnungen, in denen er heimisch geworden war, er sah, wie er umsorgt gewesen war, und er spürte einen unbändigen Haß, der in ihm wie eine große Welle aufstieg. Er verfolgte den Speichelfaden, der von Elisabeths Kinn abwärts rann. Er wandte sich ab, und ging, wie ihm geheißen, zu einem der Polizeifahrzeuge. Er ging vorsichtig, als könne jeden Moment das Pflaster unter ihm nachgeben.

Manfred

Kein Zweifel, der schießwütige Kerl war tot. Die Behandlung war entsprechend rüde. Die Ermittler waren gereizt. Anders war es nicht zu erklären, daß der Jüngere von beiden, als Manfred klar machte, daß er nichts sagen würde, an das Bett trat und ihm ins Gesicht schlug. Manfred tat das einzig ihm Mögliche. Er schrie. Eine Schwester betrat das Zimmer und erfaßte die Situation sofort. "Das dürfen Sie nicht", sagte sie sehr ruhig. "Was wir dürfen, bestimmen wir selber", sagte der ältere Beamte trocken. Die Schwester war gegangen. Die Fragerei ging weiter. Manfred sah zur Decke und lächelte. Dann kam der Schmus, daß wenn er aussage, dies seine Situation verbessern würde, gute Worte sollten eingelegt werden, insbesondere bei der Staatsanwaltschaft. Manfred verdrehte die Augen und lächelte. Dann fragte er, wie es mit einem Kuraufenthalt auf Staatskosten wäre, und erwartete weitere Schläge. Der junge Ermittler hatte die Hand bereits zum nächsten Schlag erhoben, als der Arzt in Begleitung der Schwester in das Krankenzimmer trat. Er musterte die Situation gelassen und gab dem Beamten Gelegenheit, seinen schlagbereiten Arm sinken zu lassen und von Manfreds Bett zurückzutreten. "Sie gehen jetzt und zwar sofort.", sagte er ebenso ruhig, wie die Schwester es vorhin getan hatte. "Das Verhör ist noch nicht beendet", grunzte der ältere Beamte und fuhr sich mit einem nicht mehr ganz sauberen Taschentuch über die Glatze. "Das ist es ganz zweifellos. Und wenn Sie nicht sofort verschwinden, werde ich einen Bericht über das anfertigen, was ich hier zu sehen bekommen habe," entgegnete der Arzt mit einem dünnen Lächeln. Seine Brillengläser funkelten im Neonlicht. "Der Mann ist ein Mörder!", schrie der Polizist, der geschlagen hatte, und Manfred sah, wie dessen Halsschlagader anschwoll. Etwas wie Verständnis empfand Manfred für den jüngeren Bullen, der den Kerl sicher kannte, den er heute morgen getroffen hatte. "Der Mann ist zunächst mein Patient. Die Rechtslage dürfte Ihnen vertraut sein. Und jetzt hauen Sie ab." Der Arzt lächelte immer noch. Die Beamten traten den Rückzug an. Der Glatzkopf machte einen letzten Vorstoß. "Wir werden ihn heute noch verlegen lassen. " Da lächelte der Arzt nicht mehr. "Der Mann ist nicht transportfähig. Wenn er es ist, sind Sie der Erste, der es erfährt. Alle verließen das Zimmer, der Wortwechsel ging vor der Tür weiter. Er nahm auch noch einmal an Schärfe zu, doch konnte Manfred nicht mehr verstehen, worum es ging, und eigentlich war es ihm auch egal.

Irgendwann war es wieder still auf dem Gang. Manfred mußte kurz eingeschlafen sein. Schon wieder hatte er das Zeitgefühl eingebüßt. Bitterkeit stieg in ihm auf. Sie hatten Maurice noch nicht. Sie wußten noch nicht einmal, mit wem sie es in der Bank zu tun hatten. Vielleicht hatte Maurice wirklich noch einen Plan. Wie ging das Lied, das Maurice manchmal summte? Mach doch einen Plan.... und mach noch einen zweiten Plan, gehn tun se beide nicht..." Ja, so oder so ähnlich. Vielleicht hatte Maurice noch einen weiteren im Ärmel. Ihm aber würde das nichts mehr helfen. Der Knast würde die Hölle werden. Er hatte gesehen, wie die Schließer mit Polizistenmördern umgehen. Er hatte von einer kleinen Bar geträumt, die er betreiben wollte, irgendwo an der See. Von einer Frau, die ihn meinte, nicht nur sein Geld oder seinen Schwanz. Alles aus. Die besondere Schwere der Schuld würden sie feststellen lassen und dann saß er mindestens siebzehn Jahre. Das würde er nicht aushalten. Er mußte an das Duschenspiel denken. An die Schmerzen und die Demütigung, tagelang nicht mehr richtig gehen zu können. Er dachte an die Erniedrigung, sich mit absurden Freundschaftsdiensten ein normales Knastleben erkaufen zu müssen, und dachte daran, daß es im Knast einen Maurice für ihn nicht mehr geben würde. Vielleicht wäre ihm alles erspart geblieben, wenn er diesen Mann niemals getroffen hätte. Er würde niemals frei sein. Und er war es, das hatte er verstanden, niemals gewesen.

Manfred richtete sich auf. Er horchte. Hölzerne Schuhe klapperten auf dem Gang. Die Schritte entfernten sich. Es machte überraschende Mühe, die Beine so aus dem Bett zu bewegen, daß er würde aufstehen können. Er griff zur Stange, an welcher der Tropf hing. Sie war keine verläßliche Stütze, mit ihren Rollen an den Füßen. Vorsichtig stand er auf. Das Zimmer bewegte sich verdächtig vor seinen Augen. Schweiß brach ihm aus. Schritt für Schritt, auf die rollende Tropfstange gestützt, näherte er sich dem Fenster.

Er sah auf die Stadt, die sich vor seinen Augen ausbreitete. Vorsichtig öffnete er das Fenster. Die frische Luft tat ihm wohl. Er löste den Tropf von seinem Arm. Maurice würde sein Vorhaben mißbilligen. Die Zukunft ist trotz allem immer offen, würde er sagen. Manfred kicherte. Sorry, dachte er, sorry, das ist ein Folgefehler. Das Blut schien aus seinem Kopf zu weichen. Ja, es war die letzte und vielleicht auch die erste wirklich freie Entscheidung seines Lebens. Er blickte erst nach unten, als er es geschafft hatte, auf das Fensterbrett zu klettern. Die Höhe war befriedigend, mindestens zwanzig Meter, kein Restrisiko als Krüppel aufzuwachen. Er atmete durch und mußte an den dummen Witz über den Unterschied von Optimisten und Pessimisten beim Sprung aus einem hohen Gebäude denken. Er würde, in der fünften Etage angekommen, nicht mehr sagen können, "bis hierhin ging' s gut". Er würde gar nicht mehr sagen und denken, wenn er für Sekunden wirklich flog.

Er spürte plötzlich Hände, die ihn umfaßten. Die Schwester stand hinter ihm. Er hatte sie nicht kommen hören. "Das", sagte sie, "ist keine gute Idee." Dann riß sie ihn mit einem Ruck vom Fensterbrett, und ließ ihn ins Zimmer fallen. Ein heftiger Schmerz fuhr durch sein Bein. Er wollte sich erheben, doch die Schwester drückte ihn zu Boden. Sie lächelte ein dünnes Lächeln und Manfred verfluchte seinen Kopf, der unbedingt noch einen dummen Witz hatte denken müssen.

Maurice

Als er vom Boden, hinter einem stillgelegten Schornstein, das Dach erreicht hatte, verwarf er seinen zweiten Plan zu entkommen. Auf den gegenüberliegenden Dächern waren überall Scharfschützen postiert, es machte keinen Sinn, von hieraus den Abflug zu versuchen. Er robbte vorsichtig bis zur Dachbegrenzung und wartete. Auf dem Gebäude rechts von ihm sah er einen sichtlich gelangweilten Polizisten auf und ab gehen. Das hatte er nicht bedacht. Er schloß die Augen und versuchte, sich den Plan der Dächer wieder ins Gedächtnis zu rufen. Er müßte auf das nächste Dach, links von ihm gelangen, dann auf dessen Dachboden, da war ein Durchgang zum nächsten Haus vorbereitet. Das Risiko, dort auf einen Bullen zu treffen, mußte er halt eingehen. Dann wieder auf ein Dach, das aber lag schon niedriger als die anderen. Er würde so die Ecke erreichen, könnte dann absteigen, im Haus Nummer fünf, von dem er auch einen Bodenschlüssel besorgt hatte. Das alles würde er schaffen müssen, bevor sein Telefonpartner die Nerven verlor und den Laden würde stürmen lassen.

Als er auf dem Dachboden des Nachbarhauses die Blende für den Durchgang beseitigte, hörte er den dumpfen Knall der Blendgranate. Alle Achtung, dachte er, der Bulle hatte sich nicht lange an der Nase herumführen lassen. Eilig erklomm er das Dach des nächsten Hauses.

Er überzeugte sich, daß die Schützen auf den Dächern auf das Geschehen vor der Bank konzentriert waren, und eilte in gebücktem Gang an den Schornsteinen entlang. Er sprang auf das niedriger gelegene Dach. Von fern hörte er Rufe, Martinshörner erklangen. Er konnte von der Nummer fünf aus nicht mehr auf die Straße. Es gab aber noch einen Weg über die Höfe. Er würde sich beeilen müssen, sonst lief er unweigerlich Gefahr, in die Ringfahndung zu geraten. Er verletzte sich beim Sprung über den Zaun, der zwei Höfe begrenzte, durch einen überstehenden Draht an der Hand, die sofort stark zu bluten begann. Er fluchte leise. Mit einer solchen Verletzung fiel man mehr auf, besonders wenn man den feinen Geschäftsmann zu geben hatte. Und schon hatte er auch den feinen Geschäftsmann verworfen. Er würde die andere Variante wählen müssen.

Als er wenig später zwei Straßenzüge weiter auf die Straße trat, war seine Hand verbunden. Er glaubte dennoch, daß jeden Moment ihm jemand die Hand auf die Schulter legen würde, um ihm zu sagen, daß das Spiel vorbei wäre. Er erreichte jedoch, ohne Zwischenfälle, seinen weißen Rapid, der, wie weithin sichtbar, ("Probleme mit Wasser oder Gas, wende dich an Harry Glass"), einem Installateur gehörte. Unbehelligt reihte er sich in den Feierabendverkehr ein.

Elfriede

Als es endlich klingelte, waren Elfriedes Hände schon beinahe abgestorben. "Hilfe", rief sie mit dünner Stimme. Da es erneut klingelte, wiederholte sie ihren Ruf etwas kräftiger. Mit Befriedigung vernahm sie, daß die Tür eingetreten wurde. Es fiel ihr gar nicht schwer noch ein paar Tränen zu vergießen. Schließlich hatte sie in der letzten Stunde nicht viel anderes getan. Saskia war unter das Sofa geflohen. Eine Menge Polizisten standen plötzlich in der Wohnung. Vorsichtig löste man die Fesseln. Fragen prasselten auf Elfriede ein. Sie war in dieser einen Stunde noch ein bißchen schwerhöriger geworden, als sie es ohnehin schon war. Ein Arzt eilte herbei, untersuchte sie und gab ihr eine Spritze. Mit letzter Kraft machte die alte Frau die Polizisten auf das Schlafzimmer ihres seligen Eberhards aufmerksam, wo der Dielenboden aufgebrochen war. Polizisten mit großen silbernen Koffern kamen hinzu und machten sich in dem Zimmer zu schaffen. Elfriede schloß die Augen und hoffte, daß der Junge schon weit weg war.

Doro

Mechanisch zappte sie durch die deutschen Programme. Kein Hinweis, nicht mal die kleinste Meldung. Gegen Mitternacht hielt sie es in ihrem Hotelzimmer an der holländischen Küste nicht mehr aus. Sie fuhr mit dem Fahrstuhl nach unten, nahm an der Hotelbar Platz und setzte das abweisendste Gesicht auf, zu dem sie fähig war. Als sie ihren Gin - Tonic vor sich stehen hatte, näherte sich aber schon der erste Anzugträger mit Bauchansatz und radebrechte sie Englisch an. Sie lächelte verbindlich und sagte : "Verzieh dich, du Arschloch." Der Mann zuckte, als hätte er einen Stromstoß erhalten. "Blasierte Kuh", sagte er in bestem Deutsch und zog sich beleidigt zurück. Sie trank und sie trank natürlich zu schnell. Wo würde sie hingehen, wenn alles so ausging, wie sie es befürchtete. Sie hatte in den letzten Stunden an nichts anderes gedacht. Eigentlich hatte sie seit Wochen an nichts anderes gedacht. Sie hatte abgewogen, was sie hier noch hielt, und was sie in der Fremde machen würde. Die Liste, was sie noch hielt, war sehr kurz geblieben. Wenn sie es genau nahm, und sie nahm es genau mit solchen Sachen, dann hatte sie ihn betrogen. Sie hatte ihn betrogen, seit ihr klar wurde, daß ihre Begegnung so ein richtiger Zufall nicht gewesen war. Seinen Beteuerungen glaubte sie nicht. Das Hühnchen hatte sie nicht vergessen können, obwohl es erst den Klang und dann wohl auch die Bedeutung gewechselt hatte. Sie hatte darauf gewartet, daß er es sagte, nicht nur, wenn er in ihr kam, sondern auch wenn sie sich stritten, oder er ver-

suchte sie zu versöhnen, was, wie sie zugab, bei ihrer oft über-
bordenden Wut, die sich in lauten Schimpftiraden Luft zu
schaffen suchte, manchmal alles andere als einfach war.

Nach dem dritten Gin - Tonic war sie bereits zu der Überzeu-
gung gelangt, daß er sich, selbst wenn alles nach Planung lief,
nie wieder melden würde. Nach einem weiteren Drink tanzte
sie mit einem blonden Lackaffen, der sich, nach seinem Geruch zu schließen, mit einer ganzen Flasche Rasierwasser übergossen haben mußte. Als er sich bemühte sie an sich zu ziehen,
schob sie ihn von sich, als er das nicht verstand, rammte sie
ihm das Knie zwischen die Beine. Das erregte durchaus Aufse-
hen. Sie erhielt außer einem Kaffee nichts mehr zu trinken an
der Bar und beschloß in ihr Hotelzimmer zurückzukehren,
obgleich sie fürchtete, dort den Rest ihres Verstandes einzubü-
ßen.

Sie war vor dem laufenden Fernseher eingeschlafen. Das Telefon schrillte. Sie glaubte sich im Traum und drehte sich auf die
andere Seite. Das Telefon klingelte weiter. Sie tastete nach dem
Hörer. Eine freundliche Holländerstimme sang : "Ein Gespräch für Sie " in ihr Ohr. Dann war sie wach. "Ja," sagte sie.
"Ich werde mich verspäten", hörte sie die vertraute, ruhige
Stimme am anderen Ende. Sie unterdrückte den Wunsch zu
fragen, wo er war. "Ja," sagte sie und ärgerte sich über ihre
belegte Stimme. "Soll ich trotzdem fliegen?" "Ja, ich habe das
Programm geändert. Wenn du angekommen bist, werde ich

dich anrufen." "Ich habe alles erledigt", sagte sie in Hektik geratend. "Ich weiß", tönte es am anderen Ende. "Okay," sagte sie ohne erkennbaren Sinn oder Zusammenhang. Eine Pause entstand. "Ich melde mich", sagte er, das Gespräch beendend. "Ach, Hühnchen.." "Ja"? "...Tu mir die Liebe, und trink nicht so viel. " Dann knackte es und die Leitung war unterbrochen. Doro hielt das Telefon noch in ihrem Schoß. Sie war erleichtert, sie war wütend, traurig und sie hatte Angst. Sie plünderte die Hotelbar und zappte wieder durch die deutschen Programme. Es war drei Uhr vorbei. Auf einem norddeutschen Sender kam dann eine knappe Meldung über den Überfall. Ein toter Polizist. Zwei Schwerverletzte. Ein Bankräuber gefaßt, eine Geiselnahme, Lösegeld, Fluchtauto, der zweite Bankräuber entwichen, Ringfahndung, internationaler Haftbefehl, nächstes Thema.

Ich habe das Programm geändert, hatte er gesagt. Scheiße, sagte sie und heulte. Das Programm geändert. Er hat gesagt, daß sie nichts mitnehmen zum schießen. Sie war wirklich das Hühnchen. Sie hatte ihm geglaubt.

Sie begann die kleinen Schnapsflaschen zu trinken. Am Abend hatte sie die noch verschmäht. Der Preis der kleinen Flaschen in solchen Minibars erschien ihr absurd hoch. Jetzt trank sie die in wenigen Zügen aus und lief schniefend durch das Hotelzimmer. Sie hatten einen Menschen erschossen, um an Geld zu kommen. Er hatte das Programm wirklich geändert. Sie hatte das Gefühl, daß auch sie das würde tun müssen. Dumm war, daß sie so ein richtiges Programm nicht hatte.

Sie ging auf den Balkon hinaus und ein böiger Wind von See griff nach ihrem Atem.

VII Fluchten

Hanna

Sie erkannte, daß sie im Krankenhaus war. Sie wußte also, daß sie überlebt hatte. Sie wußte, daß sie angeschossen worden war, man hatte es ihr erzählt. Sie wußte, daß sie die Beine nicht mehr bewegen konnte. Sie wußte, daß das Gesicht über ihr, Ronnys Gesicht war, daß die verquollenen Augen die seinen waren und sie wußte, daß sie froh war, seine Hand auf ihrer Stirn zu fühlen. Ferner wußte sie, daß sich ihr Leben ändern würde, daß nichts mehr so sein könnte wie früher und sie wußte, daß das über ihre Kräfte ging.

Ein Kind hatte sie noch haben wollen. Seit sie wieder denken konnte und sich das rote Licht wieder zu einer Signallampe über der Tür versachlicht hatte, konnte sie an nichts anderes denken. In ihren Gedanken sprach sie mit Gott, mit dem sie noch nie in ihrem Leben Kontakt gepflegt hatte. Gott, dachte sie, ich will alles hinnehmen, alles ertragen, wenn ich nur noch ein Kind bekommen kann. Wenn ich das nicht mehr kann, dann laß mich lieber sterben. Aber sie war sich nicht sicher, ob Gott so mit sich handeln ließ.

"Wir schaffen das schon", flüsterte die Stimme Ronnys, als hätte er verstanden, worum sie eben gebeten hatte, und sie war noch nie so froh gewesen, daß dieser Ronny, dieser übernächtigte, verheulte Junge in ihrer Nähe war. Sie nickte tapfer und war nicht überzeugt.

Aber ein neuer Tag hatte begonnen und erst einmal war der zu überstehen. Sie sah aus dem Fenster, es versprach ein heller Tag zu werden. Sie nahm sich vor, jeden Tag einzeln in Angriff zu nehmen.

Vielleicht hatte Ronny ja recht.

Paul

Die Stimmung im Büro war angespannt. Die Fahndung hatte
vorerst nichts ergeben. Mißmutig trank Paul seinen Morgenkaf-
fee. Er blickte auf den Schreibtisch von Walter. Irgend jemand
hatte dessen persönliche Sachen bereits in einen Pappkarton
verpackt. Der stand auf dem Schreibtisch und erinnerte Paul
daran, daß es an ihm war ihn zu übergeben.
Die Morgenzeitungen waren voll vernichtender Anmerkungen
über die Polizeiarbeit. Wäre nicht Walter getötet worden, hätten die Blätter mit den großen Buchstaben sich vor Häme
überschlagen. Es wurden Mutmaßungen angestellt, wie es dem
zweiten Bankräuber gelingen konnte zu entkommen. Sie mut-
maßten, daß die verletzte Frau von der Polizei angeschossen
wurde, (was nach den Ermittlungen leider zutraf), und sie stell-
ten Überlegungen über seine, Paul Bergers, Befähigung an. Das
hatte ihm dann fast den Rest gegeben. Er war erst gegen drei
Uhr für ein paar Stunden schlafen gegangen. Bis dahin hatte er
gehofft, daß sie den Kerl noch schnappen würden. Er hatte
immer wieder gedacht, daß der Mann mehr Helfer haben mußte als den Komplizen, den sie heute nach Moabit ins Haftkrankenhaus überführen würden. Nach ein paar Stunden war die
Identität des zweiten Täters geklärt gewesen.
Es war Kreuzer, Max, vorbestraft wegen Vereinigungskrimina-
lität und Geldwäsche, geboren 12.10.1970 in Berlin (Ost), Mutter Hausfrau, Vater irgendein hohes Tier in der SED. Der
Mann nannte sich Maurice. Manfred Gerber war sein Knast-

kumpan gewesen, vorbestraft wegen mehrfachen Diebstahls und bewaffneten Raubüberfalls, geboren 4.4. 1962 in Bremen. Der hatte Walter erschossen. Walter mußte wohl, wie die Dinge lagen, zuerst geschossen haben. Den Gerber bekämen sie wegen Mordes dran. Der würde sitzen bis er einen sehr langen Bart hatte. Paul besah sich das Foto, das sie zur Fahndung von Max Kreuzer herausgegeben hatten

Er sieht noch wie ein Kind aus, dachte er. Er mußte sich rangehalten haben, die erste Verurteilung schon mit vierundzwanzig Jahren, in diesem Deliktbereich war das eine Seltenheit. Paul besah sich die Tatortfotos. Die Räuber hatten von der oberen Wohnung her den alten Lüftungsschacht geöffnet und bis zur Bank erweitert. Vieles sprach dafür, daß sie von Beginn an geplant hatten, Geiseln zu nehmen. Walter wird ihnen einfach nur in die Quere gekommen sein. Auf dem Dachboden hatten die Beamten zwei Gleitschirme mit den entsprechenden Motoren gefunden. Erst hatte Paul gelacht. Dann aber hatte er darüber nachgedacht, warum sie nicht benutzt worden waren. Später fand die Spurensicherung dann auch den Durchgang zwischen den Dachböden der Nachbargebäude. Damit zeichnete sich wenigstens der Fluchtweg ab. Zeugen hatten einen Mann in blauer Arbeitskleidung über den Zaun zwischen den Höfen der Kellermannstraße fünf und sechs springen sehen. Es war noch unklar, ob es sich dabei um Kreuzer handelte. In der Bank hatte der einen Zweireiher und ein weißes kragenloses Hemd getragen.

Paul seufzte. Er hätte den Fall gern behalten und diesen Kreuzer festgenagelt. Aber das wurde langfristig etwas für die Zielfahnder des BKA. Er würde mit den Vernehmungen der Bankangestellten fortfahren und die Kollegen mit Befragungen in der Umgebung der Bank. Er würde auch die alte Dame, Elfriede Borghausen, noch einmal aufsuchen. Er hatte das Gefühl, daß sie weder so vertrottelt noch so schwerhörig war, wie sie vorgab. Vielleicht bekam man noch etwas mehr heraus.

Und dann war da noch der Karton.

Sabrina

Ihr war nichts besseres eingefallen als eine Flucht. Sie war nachdem sie den Schauplatz verlassen hatte, wie rasend gewesen. Sie hatte ein paar Sachen in die Tasche gestopft und die Wohnung verlassen. Sie war unterwegs nach Süden. Am Morgen erreichte sie den Brenner. Sie hatte keine Vorstellung, wo sie hin wollte. Fort, nur fort. Gegen Neun rief sie die Kanzlei an und sagte die Termine für die Woche ab. Es würde eine Woche ohne sie gehen. Es mußte eine Woche ohne sie gehen. Alles was zu dem Leben mit Wilfried gehört hatte, schien ihr unwirklich und lächerlich. Noch konnte sie nicht denken. Aber fahren konnte sie. Und fahren tat ihr gut. So als würde mit jedem Kilometer, den sie zurücklegte, das Band dünner, das sie an ihr bisheriges Leben kettete. Sie öffnete das Fenster weiter. Der Fahrtwind zerrte an ihren Haaren.

Elfriede

Nachdem der Polizist, von dem sie wußte, daß er ihr mißtraute, gegangen war, eilte sie zum Fenster. Er stand auf der Straße. Unschlüssig und mißmutig rauchte er und sah zu ihrem Fenster hinauf. Elfriede trat rasch zurück. Er hatte versucht sie zu überlisten, in unterschiedlichen Lautstärken gesprochen, hinter ihrem Rücken in die Hände geklatscht und auf ihre Reaktion gelauert. Ziemlich plump, fand Elfriede. Sie hatte die Geschichte erzählt, so wie sie war. Sie mußte nichts hinzufügen oder verändern. Der Vorteil der Wahrheit.

Nun stand sie in der Stube, die Wanduhr folgte wieder trage der vergehenden Zeit. Saskia war auf den Tisch gesprungen und sah Elfriede erwartungsvoll an. Elfriede scheuchte die Katze vom Tisch und ging zur Truhe. Sie holte die beiden Umschläge hervor. Der Größere war an eine Irene Markus gerichtet. Der andere trug ihren Namen. Geld fiel ihr entgegen, als sie ihn öffnete. Und dann war da ein Brief. Elfriede holte ihre Brille. Sie setzte sich an den Tisch.

Auch als sie alles längst wieder in der Truhe verstaut hatte, schüttelte sie noch immer den Kopf. Ach, Jung, dachte sie. Dann holte sie sich einen alten, abgegriffenen und reichlich zerzausten Stadtplan. Sie suchte mit Hilfe einer Lupe, die Adresse eines Rechtsanwaltes, den aufzusuchen der Junge sie gebeten hatte.

Maurice

Ja gewiß, er hatte das Pferd von hinten aufgezäumt. Vier Fluchtrouten hatte er organisiert. Alle waren so angelegt, daß er sie bis zum Einbruch der Nacht hätte nutzen können. Er war dann recht schnell in Hohenschönhausen gewesen. Dort hatte er sich entschlossen, in den LKW zu steigen. Er war dann wieder ordentlich verplombt worden. Manfreds alte Kontakte hatten sich auch hier bewährt. Man mußte sie nur ausreichend prüfen. Als sie noch ein größeres Objekt im Auge hatten, wollte Manfred einen Fahrer werben, von dem sich herausstellte, daß er drogensüchtig und nervenschwach war. Seitdem mißtraute Maurice allem, was von Manfred kam, noch deutlich mehr als es ohnehin schon der Fall gewesen war. Bei dem Fahrer des Trucks hatte er sich nicht vertan.

Die Zeit im Laderaum des Lasters gehörte zu den schlimmsten Stunden seines Lebens. Er hatte das Gefühl, daß die Wände sich auf ihn zu bewegten. Er meinte, daß der Sauerstoff zu Ende ging, und mußte seine Panik bekämpfen. Als er spürte, daß der Truck abbog, halluzinierte er eine Kontrolle, wähnte sich verraten und dachte nur noch daran, mit welchem frechen Spruch auf den Lippen er sich würde verhaften lassen. Nichts geschah, die Fahrt ging weiter. Aber die Wände bewegten sich weiter. Er erinnerte sich an seine erste Verhaftung. Mit einem Geldkoffer war er gestellt worden. Zwei Millionen sollte er in die Schweiz bringen. Er war verraten worden. Verraten von

dem besten Freund seines Vater, der ihn nach der Wende zu
der Im - und Exportfirma geholt hatte.

Sie hatten viel zu tun, so kurz nach der Wende. Geschäfte waren zu verschleiern, Geld zu verschieben, neue Strukturen auf-
zubauen. Er hatte sehr schnell sehr viel gelernt. Und er hatte
den Boden unter den Füßen verloren. Die neue Ordnung, die
sein Vater mit bitteren Bemerkungen kommentierte, faszinierte
ihn. Die Möglichkeiten Geld zu verdienen und Geld auszugeben schienen unbegrenzt. Der Freund seines Vater, der
Kaufmann im Unternehmen, hatte einen Deal gemacht mit
den Ermittlern, die der Firma schon lange auf der Spur waren.
Er sah den Mann beim Prozeß wieder. Der traute sich nicht
ihm ins Gesicht zu sehen. In einer Prozeßpause war es ihm
gelungen dem Mann, der einmal der Freund seines Vater war,
ins Gesicht zu spucken. Der hatte angefangen zu weinen und
in Maurice war ein unbezwingbarer Ekel aufgestiegen.

Er spürte wie ihm der Schweiß in dünnen Rinnsalen den Rücken herunter lief. Er sah das Gesicht seines Vaters vor sich.
Unbewegt und hart hatte es ausgesehen. Der alte Mann war
aufrecht sitzend, ohne jede erkennbare Bewegung, dem Pro-
zeßgeschehen gefolgt. Ebenso ungerührt wie er selbst nahm er
das Urteil, das gegen Maurice erging, hin. Drei Tage später
erschoß sich Paul Kreuzer bei einem Spaziergang. Die ermit-
telnden Beamten, die Maurice im Gefängnis unterrichteten,
verhielten sich völlig gleichgültig. Maurice meinte, bei einem
von ihnen sogar so etwas wie Häme zu spüren. Die Leute inte-

ressierten sich lediglich dafür, wie sein Vater an die Waffe gekommen war.

Nach sechs Wochen im Knast hatte auch Maurice ernsthaft
erwogen, seinem Leben ein Ende zu setzen. Dann gelang es
dem Anwalt, den der Mann, der einst der Freund seines Vaters
gewesen war, für ihn hinzugezogen hatte, ihn verlegen zu lassen. Er besorgte auch die notwendigen Sachen, die man halt so
brauchte, um im Knast überleben zu können. Er konnte sich
nicht erinnern, wann er den Mut gefunden hatte, wieder an die
Zukunft zu denken. Doch als er damit begonnen hatte, dachte
er sie nur noch als den Versuch, alles, das ganze bisherige Leben, hinter sich zu lassen. Das Leben, die Menschen, die ihm
bekannt waren, und das Land, welches, ohne daß ihn jemand
gefragt hätte, ein völlig anderes geworden war. Und noch im
Knast hatte er begonnen damit. Die einzigen Besuche, die er
noch empfing, waren die des baumlangen Anwalts, der einen
guten Job machte und dem man offensichtlich vertrauen konnte. Nichts sonst konnte ihn noch erreichen. Nichts sonst durfte
ihn noch erreichen. Er hatte begonnen an seiner Zukunft zu
arbeiten. Und zu arbeiten hatte er früh gelernt.

Um Mitternacht trafen sie in Köln ein.
Er nahm sich ein Taxi bis zur Innenstadt. Dort stand der
Mietwagen an Ort und Stelle und der Schlüssel dafür klebte,
wie verabredet, gut versteckt an der Innenseite des Vorderra-
des. Maurice, der sich im LKW ungezogen hatte, sah wieder
eher wie ein Geschäftsmann aus. In einem Vorort stieg er in

einem Hotel ab, wo auf den Namen Henrichs ein Zimmer für ihn reserviert war. Er rasierte sich, setzte die neue Brille auf. Er verglich sich mit dem Foto in dem Paß, den er aus dem Handschuhfach des Mietwagens genommen hatte, und war durchaus zufrieden. Er schaltete die Nachrichten durch, fand aber keinen Hinweis. Nach dem Telefonat stand er am Fenster und überlegte, ob er nicht gleich weiterfahren sollte. Aber er verwarf die Idee sofort wieder. Er hielt sich an seinen Plan. Im morgendlichen Verkehr hatte er sich dann über die Grenze begeben. Als er die Grenzpolizisten, die Maschinenpistolen vor dem Bauch hatten, im Schrittempo, freundlich lächelnd passierte, hatte er zumindest etwas mehr Verständnis für das Malheur, das Herrn Schubert in der Bank geschehen war.

Am Mittag ging er in Amsterdam zu einer Bank und richtete zwei Transferkonten für eine Gesellschaft in Liechtenstein ein. Er zahlte symbolische Beträge auf diese Konten ein und wies sich als Geschäftsführer dieser Gesellschaften aus.

Am Mittag wechselte er den Mietwagen.

Es würde eine lange Fahrt werden. Nun konnte ihm nur noch ein dummer Zufall zum Verhängnis werden.

In ein paar Stunden würde er in Ungarn sein. Dort hätten sie eine Woche Zeit, alle Geldangelegenheiten zu regeln, Geschäftsfreunde würden ihm dabei helfen. Und sie hatten eine Woche Zeit, ein paar Spuren zu hinterlassen, damit die Zielfahnder etwas zu tun bekämen.

Maurice lächelte, als er die Autobahn erreichte.

Elisabeth

Wilfried war erst beleidigt, und nachdem er etwas getrunken hatte, weinerlich gewesen. Er hatte gebadet, getrunken, ein wenig geweint und wollte dann von Elisabeth massiert werden. Sie wußte selbst nicht, warum sie sich darauf einließ. Jede weitere Berührung von ihm verbat sie sich. Alles war klar zwischen ihnen. Sabrina Weiß war als ein Fakt ganz sichtbar und lebendig in ihr gemeinsames Leben getreten. Kein Wort sprachen sie darüber. Wilfried verschanzte sich hinter dem erlittenen Schock, erzählte das eine oder andere Detail, das er dann gebührend ausschmückte. Sie hatten Wein getrunken. Sie hatte sein Bett im Gästezimmer gerichtet. Er wollte aber zu ihr ins Bett. Elisabeth, die eigentlich noch gar nichts gesagt hatte, bemerkte nun sehr sachlich: "Vergiß es:" Er hatte sich ihr genähert und versucht sie zu küssen. Er hatte sie an sich gedrückt und sie hatte seinen sich härtenden Schwanz gespürt und ihr war schlecht geworden. Sie hatte ihn zurückgestoßen. Da war er, glücklicherweise, wieder beleidigt gewesen.

Später war sie in die Küche gegangen und hatte gewartet, daß es still würde im Haus. Sie erinnerte sich an den Morgen dieses Tages, wie sie in der Küche gestanden und daran gedacht hatte, wie es wäre, wenn man die Zeit anhalten könnte. Sie packte ihre Handtasche aus und ihr fiel die Klinge in die Hand. Sie war überrascht. Die hatte sie vergessen. Einen Augenblick peinigten sie die Bilder eines blutigen Traumes. Sie sah Wilfried

144

mit dem Messer blutüberströmt im Gästebett. Das Eindringen des Messers in seinen Rücken, sein Schreien wurde einen Moment so real, daß sie glaubte, das Blut zu riechen, daß sie meinte, genau zu spüren, wie es sich anfühlte, wenn das Messer auf Widerstand von Sehnen und Knochen trifft, daß sie meinte, all das sei bereits geschehen, von ihr ausgeführt worden. Dann war es vorbei. Das Messer lag vor ihr auf dem Tisch. Elisabeth lachte. Sie nahm das Messer vom Tisch und warf es in eine Schublade. Ganz langsam wusch sie sich die Hände. Lies das Wasser über ihre Arme laufen. Ihr Kopf war jetzt leer und sie konnte das nicht als unangenehm empfinden.

Manfred

Seit der Überführung in das Haftkrankenhaus hatte er erneut das Zeitgefühl verloren. Die ständigen Versuche, ihm irgendwelche Aussagen zu entlocken, nervten ihn. Allerdings fand er die Bemühungen der beiden Beamten auch durchaus unterhaltsam. Sachlich und aufmerksam hatte man seine wenigen Sachen durchwühlt, er hatte keine Rasierklingen, keine Gürtel mehr. Nichtmal die Schnürsenkel hatten sie ihm gelassen. Auch die Vernehmer waren vorsichtiger geworden. Sie hatten keine Lust, von der Presse beschuldigt zu werden, sie hätten Manfred in den Selbstmord getrieben. Als Manfred durch die Fragen herausbekommen hatte, daß sie zwar wußten, wer der zweite Mann war, daß dieser ihnen aber entwischt war, konnte er seinen Triumph nicht verbergen. "Den", sagte er, "den kriegt ihr nie, da müßt ihr früher aufstehen." Die Ermittler hatten gehofft, daß er nun reden würde, aber sie wurden enttäuscht. Er hatte wieder seine ausdruckslosen Augen bekommen und die Decke angestarrt, bis sie es schließlich aufgaben.

Irgendwann wurde ihm dann Besuch angekündigt. Er hatte gefragt, wer es sei. Es sei ein Rechtsanwalt. Er hatte eigentlich keine Lust gehabt, mit einem Anwalt zu reden. Andererseits war das der erste Mensch seit ein paar Tagen, der kein Bulle war und trotzdem mit ihm reden wollte.
Der Anwalt war mindestens zwei Meter lang, hatte eine sehr weiße, großporige Haut und eine festen Händedruck. Er mus-

terte Manfred. Dann sagte er : „Ich bin ihr Anwalt." Sein Lächeln erinnerte Manfred an das eines Pferdes. "Ich habe keinen Anwalt bestellt", erwiderte er. "Das hat ihr Partner übernommen", sagte der Anwalt ungerührt.

"Ich bin beauftragt Grüße zu bestellen, ich bin ferner beauftragt, Ihnen zu sagen, daß Sie nach Einschätzung meines Klienten ein Idiot sind." Manfred nickte bestätigend. Das war durchaus auch seine Meinung. Der Anwalt machte eine bedeutungsvolle Pause und zeigte wieder sein kräftiges Gebiß. Er räusperte sich : „Des weiteren läßt Ihnen mein Klient bestellen, daß er sich trotzdem an den Vertrag zwischen Ihnen gebunden fühlt. Er wird Sie zu finden wissen, wenn Sie Ihre Strafe abgesessen haben. Ich bin beauftragt mich um alles zu kümmern. Nicht nur um die Verteidigung, sondern auch um Ihre Betreuung im Knast. Ich denke, wir kriegen das schon hin."

Manfred, der gegen die aufsteigenden Tränen kämpfte, nickte tapfer.

Dann aber sagte er : "Ich habe kein Geld."

Der Mann gegenüber lächelte geduldig. "Seien Sie versichert, es ist alles geregelt."

Der Anwalt entnahm seinem Aktenkoffer einen Block. "Also, fangen wir an", sagte er und zückte einen silbernen Federhalter, der selbst im trüben Neonlicht noch funkelte.

Irene

Herr Schubert hatte Wort gehalten.

Ihre Kredite waren gekündigt worden. Sie hatte eine letzte Frist von zehn Tagen, um die zwanzigtausend Mark, die sie schuldete, nebst Zinsen zurückzuzahlen, sonst würde das gerichtliche Mahnverfahren gegen sie betrieben. Am liebsten wäre sie in die Bank gegangen und hätte dem Herrn Schubert in die Eier getreten. Sie hatte wenig Geld verdient in letzter Zeit. Die langen Befragungen, die Krankheit von Anja, alles war nur noch schlimmer geworden. Sie war mit der Miete in Rückstand. Sie hatte Angst in den Briefkasten zu schauen. Und sie träumte viel und schlief wenig. Sie hatte das Gefühl, seit jenem Tag in der Bank verginge die Zeit so zäh wie Lebertran, und nach jedem dieser zähen Tage war der Spielraum, den sie zum Leben zu haben schien, wieder fühlbar kleiner geworden. Sie träumte. Meistens von dem Mann, der sich Maurice nannte. Die Träume wurden zunehmend eindeutiger. An manchen Morgen mußte sie alle Kraft darauf verwenden überhaupt aufzustehen. Manchmal fürchtete sie sich schlafen zu gehen. Sie fürchtete die Träume, sie fürchtete die Kraft zu verlieren und nicht mehr aufstehen zu können. Wenn sie einmal liegenbleiben würde, das wußte sie, war es um sie geschehen. Sie hatte die Kinder. Sie mußte, sagte sie sich. Es mußte gehen, sie hatte keine Wahl, redete sie sich zu.

An einem dieser Morgen hatte sie sogar die Kraft den überfüllten Briefkasten zu leeren. Sie öffnete jede Mahnung, auch die gerichtlichen Schreiben. Die Mahnungen warf sie in den Müll, die gerichtlichen Schreiben hob sie lieber auf. Der letzte Umschlag war ziemlich dick. Sie öffnete ihn zuletzt. Geld fiel ihr entgegen.

Sie nickte. Sie war überzeugt, daß sie nun leider verrückt geworden war. Und als immer mehr Scheine aus dem Umschlag rieselten, wurde sie hysterisch. Sie versuchte das Geld zu zählen. Die Scheine entglitten ihr wieder und wieder. Sie lies sich auf die Knie nieder. Dann versuchte sie sich zu beruhigen. Es gelang ihr das Geld zu zählen. Als sie bei zwanzigtausend Mark angekommen war, hörte sie einen kehligen Laut von sich selbst, der sie befremdete. Tränen rannen ihr über das Gesicht. Sie lachte. Vor ihr lagen sauber aufgestapelt dreißigtausend Mark. Dann fand sie den Zettel. "Das Geld ist sauber. (Kein Lösegeld). Gib es vorsichtig aus, damit du nicht auffällst. Alles Gute für dich. M.

P.S. Vernichte Umschlag und Zettel sofort"

Letzteres fiel ihr schwer. Aber sie tat es. Die wenigen Sätze würde sie sowieso nie mehr vergessen. Sie versteckte das Geld. Sie merkte, daß immer noch Tränen an ihren Wangen herunterflossen, obwohl sie hätte tanzen mögen.

Wilfried

Sein Leben, fand Wilfried Schubert, wies seit jenem Freitag, wie seine Lieblingskaffeetasse, einen ganz feinen Riß auf. Sabrina war weggefahren, ohne eine Nachricht zu hinterlassen. Elisabeth hatte ihn ins Gästezimmer verbannt. Sie machte Frühstück, sie fertigte sogar den Morgentrunk. Aber sie stellte ihn in die Küche. Sein Zimmer betrat sie nicht mehr. Oft war sie, wenn er am Abend nach Hause kam, nicht da oder hatte sich in das Schlafzimmer zurückgezogen. Sie sprach kaum mit ihm. Wenn sie das Wort an ihn richtete, blickte sie ihm auf die Stirn, nicht in seine Augen. Das war schlimmer für ihn als alles andere. Das Verhältnis zu den Mitarbeitern war ebenfalls getrübt. Er war sich sicher, daß hinter seinem Rücken getuschelt wurde und sich einige der Angestellten über ihn lustig machten. Er würde die Zügel anziehen müssen. Zudem hatte die Revision ergeben, daß außer dem gestohlenem Bargeld, den Wertpapieren und dem Lösegeld weitere zweihunderttausend Mark fehlten. Es handelte sich zweifelsfrei um Unterschlagungen. Transfers mittels manipulierter Buchungen. Dafür war eindeutig Dorothe´ Huber verantwortlich. Sie würde zu verhaften sein, wenn sie aus dem Urlaub zurückkäme. Die Fälschungen, auch seiner Unterschrift waren so plump, daß sie irgendwann auffliegen mußten. Der Kriminalrat, der sich immer die neue Zigarette mit dem Rest der alten anzündete, lächelte. Er erwarte, so wie die Dinge lägen, Fräulein Huber nicht mehr aus dem Urlaub zurück. Vielmehr werde er sie als Komplizin des Max Kreuzer auf die Fahndungsliste setzen lassen. Wilfried hatte sich geärgert. Der Polizist hatte, im Gegensatz zu ihm, eins und eins zusammengezählt. Was, fragte er sich, war verdammt nochmal mit ihm los. Als er in der Niederlassung eine Einladung zu einem Gespräch in der Zentrale vorfand, hatte er das Gefühl, daß der Boden unter seinen Füßen nachgab. Der Riß in der Tasse seines Lebens schickte sich an, ein ausgewachsener, weithin sichtbarer Sprung zu werden.

Wilfried Schuberts Hände zitterten, als er das Portal der Zentrale seines Arbeitgebers betrat.

Doro

Auf der anderen Seite, jenseits der großen Touristenplätze, hatten sie sich verabredet. Sie konnte das Areal gut einsehen, ohne selbst gesehen zu werden. Zwei Stunden war sie schon da. Sie beobachtete die Menschen auf ihren Wegen, bei ihren Verrichtungen. Sie wurde mißtrauisch, wenn andere ebenso hartnäckig verweilten, wie sie selbst. Aber noch war keiner wirklich geblieben. Irgendwann waren sie immer wieder ihrer Wege gegangen.

Gestern hatte sie noch daran gedacht, gar nicht mehr zu kommen, sondern die Stadt sofort zu verlassen. Die Banktransfers hatte sie in Amsterdam abgeschlossen, jedenfalls soweit es um "ihr " Geld ging. Die Polizei würde eine Weile brauchen, bis sie das alles zur Gänze entwirrt hatte. Bis dahin würde sie alles so organisiert haben, daß die Spur sich verlor. Sicher, sie hatte wenig Erfahrungen in dem Leben, das ihr bevorstand. Sicher, sie würde viele Risiken eingehen müssen. Aber sie könnte es allein schaffen. Und doch war sie seit zwei Stunden hier. Wenn er in den nächsten Minuten nicht käme, würden sie einen Auffangtermin haben, morgen, am anderen Ende dieser so lebendigen Stadt. Sie spürte, wie ihre Erregung stieg, sie einen trockenen Mund bekam. Ihre Zunge fuhr über die rissig gewordenen Lippen. Sie hatten wenig über die Zukunft gesprochen. Nur das Ziel war irgendwann klar gewesen. Mexiko. Ein kleines Grundstück am Meer hatte er über drei oder vier Strohmänner erworben. Das war einige Jahre her. Eine Kneipe und ein paar Plätze für Camper würden sie einrichten. Und auf die Polizei warten, hatte sie damals eingewandt. Und er hatte gelacht und den Kopf geschüttelt.

Wenn sie an die letzten Wochen zurückdachte, konnte sie oft nicht fassen, was da mit ihr passiert war. Sie war eine Angestellte gewesen, die von einem Mann und einem bescheidenen Aufstieg in der Bank geträumt hatte. Sie hatte sich mit Blicken gegen die schmierigen Anspielungen ihres Chefs verteidigt und war abends gelegentlich ins Kino gegangen. Nachts hatte sie manchmal ins Kissen geweint und nicht gewußt, warum sie eigentlich so traurig geworden war. Warum alles leblos, so seltsam belanglos an ihr vorbeirann. Sie fühlte, daß sie alterte und fand den Gedanken lächerlich für jemanden, der noch nicht mal fünfundzwanzig Jahre alt geworden war. Sie wußte nicht wozu sie eigentlich auf dieser Welt war. Und dann brach Maurice in ihr Leben ein. Und alles bekam plötzlich Farbe. Selbst die hölzernen Gesichter, die ihr morgens in der Bahn begegneten und vor denen ihr immer graute, schienen seltsam belebt...

Sie sah auf die Uhr und erhob sich.

Dann sah sie ihn kommen und ihr Herz machte eine kleine Pause und stolperte dann beschleunigt weiter, so als wolle es den Aussetzer wettmachen.

Er schlenderte zu dem Brunnen in der Mitte des Platzes. Er hatte einen schlacksigen, nachlässigen Gang, der zu seiner sorgfältigen Kleidung nicht so recht passen wollte. Er lehnte sich gegen das Brunnengeländer, beobachtete die Umgebung und zündete sich eine Zigarette an.

Doro zögerte. Nein, dachte sie, so sieht kein Mörder aus. Sie würde ihn anhören müssen. Auch sie hatte schließlich nicht alles gesagt. Nein, sie konnte ihn nicht aufgeben. Nicht jetzt. Immer noch gab es die Vorstellung eines gemeinsames Lebens, dessen Zeit vielleicht bemessen war.

Sie löste sich von der Mauer, an der sie gelehnt hatte. Langsam ging sie auf ihn zu. Er entdeckte sie sehr rasch. Sein Lächeln war offen. "Hühnchen", sagte er, als sie vor ihm stand. Sie umarmten sich nur kurz, dann zog er sie mit sich fort.

Inhalt

Biographische Angaben:

Geboren 1962 in Karl-Marx-Stadt. Studium der Filmwissenschaften und Dramaturgie an der HFF Potsdam. Diplom 1988. Tätigkeiten als Dramaturg und kaufmännischer Leiter in verschiedenen Medienunternehmen.

Bisher Veröffentlichungen vor allem von Lyrik in Zeitschriften und Anthologien.

Lyrischer Einzeltitel „Merkliche Veränderung" erschien 2001 im Horlemann Verlag.

Lebt in Bad Karlshafen und Berlin.

Danksagung

Ich danke Hans - Dieter Mäde und Karin Lesch
vor allem für Ermutigung und kritische Hinweise.
Dem Wiesenburg Verlag danke ich für die unkomplizierte
und respektvolle Zusammenarbeit.